FRÄNKISCHER KRIMISOMMER

10 GLUTHEISSE KURZKRIMIS

ARS VIVENDI

Originalausgabe

Erste Auflage Mai 2018
© 2018 by ars vivendi verlag
GmbH & Co. KG, Bauhof 1,
90556 Cadolzburg
Alle Rechte vorbehalten
www.arsvivendi.com

Umschlaggestaltung: FYFF, Nürnberg
Motivauswahl: ars vivendi
Coverfoto: © lkpro / Photocase
Druck: BookPress
Printed in the EU

ISBN 978-3-86913-911-1

Inhalt

Theobald Fuchs

Kumpels über den Tod hinaus

Eigentlich war der Plan perfekt gewesen: Zack!, den Bonzen schnappen, rauf zum Hahnenkamm in die Waldhütte, warten, bis das Lösegeld rübergewachsen kommt, und ab auf die Insel, Griechenland, Spanien – egal: irgendwo im Süden mit nichts als Sonne und Strand. Aber der Teufel selbst schuf dieses Altmühltal mit seinen krassen Kurven, und er schickte uns das Kind über den Weg, die Typen mit der Waschmaschine, die Mülltonnen und natürlich noch die Daggie, aber gut, die Daggie freilich nur mir ... doch stopp! Bevor ich alles von hinten her erzähle und keiner was versteht, fange ich noch mal von vorne an.

Also: Schon ganz am Anfang entschieden sich die Dinge, anders zu laufen, als wir geplant hatten. Wir sind: ich, mein alter Schulfreund, der Mäx aus Eichstätt, und sein Vetter, der Roland, den aber alle immer nur »Eimer« nannten, weiß der Kuckuck, warum. Ich hatte den Mäx ja noch gefragt, ob der Roland das alles auch aushalten würde, weil der im Prinzip nur ein Strich in der Landschaft war, immer blass im Gesicht und mit seinen dünnen, schlaffen roten Haaren doch recht erbarmungswürdig. Aber Mäx hatte gesagt: »Ja, klar doch, kein Problem.«

Wir hatten früh um sieben unseren Hinterhalt eingerichtet, an der Staatsstraße zwischen Altendorf, wo Dr. Bebel wohnte, und Dollnstein, wo er Direktor der Raiffeisenbank war. Mäx hatte vorne an der Kreuzung, wo die Straße ins Dorf abzweigt, im Gebüsch gelauert, um uns Bescheid zu sagen, wenn der Direktor auftaucht. Wir dachten, dass wir alles längst erledigt haben würden, bis der große Schwung

Wanderer und Kanufahrer aufkreuzen und das Altmühltal bevölkern würde. Aber der Direktor ließ sich endlos Zeit. Wir warteten und warteten, immer mehr Autos gondelten durchs Tal, es ging zügig auf zehn zu, und gerade als mich Mäx auf dem Handy anrief und vorschlug, dass wir aufgeben sollten, da kam der feine Herr Dr. Bebel angefahren.

»Eimer« stellte sich in die Mitte der Straße und winkte wie wild mit den Armen. Der Direktor hielt dann auch brav an und stieg aus seinem dicken SUV, mit dem er locker über den Roland drüberfahren hätte können wie über eine Briefmarke. Ich sprang aus dem Graben, stülpte Dr. Bebel die Tüte über den Kopf, warf ihn zu Boden und fesselte ihn mit Kabelbindern an Händen und Füßen. Das war wirklich alles, was ich tat. Bebel wehrte sich aber trotzdem völlig übertrieben, er strampelte und blubberte in der Tüte, die wir ihm erst herunterzogen, als er im Kofferraum lag. Mäx, der dafür extra schöne, schwarze Lederhandschuhe anzog, stieg in den SUV und parkte ihn auf einem Waldweg, der gleich nach der Kurve abzweigte. Dort stand das Monstrum gut, niemand würde sich daran stören und das Auto bei der Polizei melden, sodass wir mehr als genug Zeit haben würden, um mit der Ehefrau die Sache mit dem Lösegeld zu regeln – jedenfalls dachten wir uns das!

Eine gute Idee war das schon vom Roland gewesen, den Direktor in Oberbayern zu entführen und sich nach Mittelfranken abzusetzen, einfach das Altmühltal hoch Richtung Treuchtlingen. Weil es, so rechneten wir uns aus, für die Polizei immer schwieriger war, wenn zwei Dienststellen in verschiedenen Bezirken, die jeweils von einem machtgeilen Kommissar regiert wurde, plötzlich bei einem Fall zusammenarbeiten mussten.

»Die sollen sich einfach gegenseitig im Weg stehen«, hatte Roland gelacht, und wir hatten mitgelacht.

Bloß dass dem Roland dann das Lachen verging, als wir das Altmühltal entlangbretterten, mit unserem Volvo. Es stimmt schon, dass der Mäx fuhr wie eine gesengte Sau, sodass auch mir auf dem Beifahrersitz bisweilen mulmig wurde, wie wir direkt unter den zwölf Aposteln noch ein Wohnmobil überholten, Solnhofen links unten liegen ließen, mit einem Affenzahn in den Kreisverkehr bei Zimmern rauschten, wo die Altmühl um eine Haarnadelkurve fließt, links hoch mit Vollgas durch den Tunnel rasten, genauso an Pappenheim vorbei, bis es schließlich mit quietschenden Reifen kurz vor Dietfurt in diese Ziehkurve ging. Aber es wird schon auch ganz allgemein viel Aufregung dabei gewesen sein beim »Eimer«, weshalb er von einem Augenblick auf den nächsten unbedingt kotzen musste.

So plötzlich, dass es zu spät zum Anhalten war, weil da schon die ganze Brühe hinten auf die Fußmatte plätscherte. Womit wiederum der Mäx nicht gerechnet hatte und zu lange den Kopf nach hinten drehte, weswegen wir beinahe von der Straße abgekommen und rechter Hand im Wiesengrund der Altmühl gelandet wären. Wirklich arschknapp war das, aber er schaffte es, das Auto, das schlingerte wie eine Papierschlange im Fasching und sich sogar einmal komplett herumdrehte, zum Stehen zu bringen.

Wir hingen in unseren Gurten, sagten kein Wort und bliesen ganz langsam die verbrauchte Luft aus unseren Lungen. Wie auf Befehl hatten wir alle für eine Minute den Atem angehalten.

»Ich brauch jetzt eine Zigarette«, sagte ich schließlich als Erster in die Totenstille hinein.

Mäx startete den Motor, der ihm abgesoffen war, und bog ein paar Hundert Meter weiter in eine der Zufahrten zum Marmorwerk ein. Als man uns von der Straße aus nicht mehr sehen konnte, hielt er an. Im Wald zwitscherten die Vögel, es roch nach nassem Laub und nach Pilzen, denn es hatte zwei Tage zuvor ordentlich geregnet, ehe es noch mal so richtig warm geworden war, und ich wäre auf einen Schlag wahnsinnig gerne Pilze suchen gegangen, aber das war jetzt gerade echt nicht unbedingt der günstigste Augenblick dafür.

Mäx und ich stiegen aus, er gab mir Feuer, und seine riesige Faust, mit der er schon so manchem Feind die Zähne in den Hals gestoßen hatte, zitterte dabei. Dann beugte er sich in die geöffnete hintere Tür und blies eine Rauchwolke ins Innere des Wagens.

»Hat das jetzt sein müssen? Die Sauerei kriegen wir nie wieder raus!«, tadelte er seinen Cousin.

Doch Roland hatte schnell die Fassung wiedergewonnen: »Wenn wir die drei Millionen haben, kaufst du dir doch eh was Neues, so einen Maserati wie in der Serie mit dem Tatortreiniger.«

»Leute, seid doch mal still!«, unterbrach ich sie. »Hört ihr was?«

Die beiden schlossen den Mund und lauschten angestrengt in den Wald.

»Nee, ich hör nix«, sagte Roland nach ein paar Sekunden.

»Ich auch nicht«, bestätigte Mäx.

»Scheiße!«, rief ich, schmiss die Zigarette weg und sprang zum Kofferraum.

Mir war die Stille sofort verdächtig gewesen, und jetzt sahen wir alle drei, dass ich mit meinem Verdacht exakt richtiggelegen hatte: Dass Dr. Bebel bei unserem Beinahe-Crash etwas abbekommen hatte, was ihn daran hinderte zu zappeln und zu quäken. Nur: Dass er komplett tot war, das hatte auch ich nicht erwartet. Seine wasserblauen Augen waren weit aufgerissen und glotzten uns bewegungslos an, seine Anzughose war schwarz gefärbt, weil er sich im Tod praktisch vollständig eingeschifft hatte. Genickbruch. Er war ja auch unvernünftigerweise nicht angeschnallt gewesen.

»Und jetzt?«, fragte Roland. Seine Stimme zitterte fast nicht wahrnehmbar.

»Keine Ahnung!«, sagte ich wütend. »Jedenfalls übernehme jetzt ich das Steuer.«

Mäx war danach erst einmal richtig kleinlaut. Zu Recht, fand ich, denn unser Vorhaben, den Direktor gegen Geld einzutauschen, war durch dessen unsanftes Ableben nicht gerade einfacher geworden. Mäx ließ seinen viereckigen Kopf hängen, der genauso wie seine Hände überhaupt nicht zu seinem schwächlichen Körper passte, und grübelte über sein Missgeschick.

Nach Treuchtlingen rein kamen wir an der Siedlung vorbei, wo die Daggie herkommt, in dem Winkel zwischen der Augsburger und der Ingolstädter Bahnstrecke, die sich weiter vorne treffen. Davon wusste ich damals aber nichts, weil ich die Daggie überhaupt noch nicht kannte. Die Gelegenheit, bei der wir uns begegneten, brauchte noch eine kurze Weile, bis sie sich schlussendlich ergab. Die Daggie war schon fast fünfunddreißig Jahre alt und immer noch nicht verheiratet. Ihr Vater hatte ein Geschäft für Baumaterial, und er bemmste die Daggie pausenlos, dass sie endlich einen Schwiegersohn nach Hause bringen solle, und dass sie so dünn sei und niemand ein solches Knochengestell zur Frau haben wolle. Was die Daggie natürlich jedes Mal fürchterlich erboste und dazu führte, dass sie nur noch mehr auf stur machte und das Konzept von Ehe, Familie und regelmäßiger Ernährung lautstark ablehnte.

Wie sie mir später verriet, hätte es da freilich ein paar Kerle gegeben, die großzügig über ihre magere Gestalt und ihre herrische Art hinweggesehen hätten, weil ja im Hintergrund ein Firmenerbe winkte – bloß dass die Daggie halt keinen von diesen, wie sie sagte, »schafsnasigen Langweilern« hatte haben wollen. Und dass sie dann, als sie mich kennenlernte, auf Anhieb erkannte, für welche Art Mann sie sich all die Jahre aufgespart hatte.

An der großen Kreuzung in der Ortsmitte bog ich rechts ab Richtung Weißenburg und parkte dann den Wagen vor dieser Pension an der Brücke. Dort würde das Nürnberger Kennzeichen überhaupt nicht auffallen, schon wegen des Thermalbads auf der anderen Flussseite.

Es war mit dem ganzen Hin und Her halb zwölf geworden. Unsere Lage war ernst, das hatten wir schon geschnallt, sehr ernst sogar. Aber wenn wir uns einen vernünftigen Plan ausdenken wollten, mit dem wir wieder heil aus der Nummer herauskommen konnten, dann musste das in Ruhe geschehen und im Vollbesitz aller körperlichen und geistigen Kräfte. Und es gibt nichts, was für körperliche und geistige Kräfte so förderlich ist wie ein Schnitzel und eine Halbe Bier.

Dass uns das der Richter später als »Kaltschnäuzigkeit« und »brutale Kälte« ankreidete, kann ich ihm nicht verübeln. Der Mann hatte ja wahrscheinlich noch nie selbst in so einer Situation gesteckt, das hatte der nie nötig gehabt, mit seinen reichen Eltern, die ihm fünfundzwanzig Semester Jurastudium bezahlt hatten, wo er die Puppen tanzen ließ, ehe ihm ein Kumpel von seinem Politiker-Vater den legeren Posten am Landgericht in Ansbach besorgt hatte. So jedenfalls stelle ich mir das vor, und ich bin dem Typen echt nicht böse deswegen. Ehrlich gesagt bin ich niemandem böse, weil ja jede Medaille eine Kehrseite hat – oder wie auch immer das heißt. Was den toten Dr. Bebel anbelangt, habe ich auch ein völlig reines Gewissen: Dem ging es, während wir essen waren, im Kofferraum so gut wie irgendwo sonst.

Viel geredet hatten wir nicht, seitdem wir wieder losgefahren waren, jeder hatte unabhängig von den anderen angefangen, sich einen Ausweg aus der Bredouille zu überlegen, und dann saßen wir an einem Tisch vor dem Restaurant in der Stadthalle und schwiegen immer noch intensiv vor uns hin, während wir auf unsere Schnitzel warteten. In unseren Köpfen kreisten die Gedanken wie in einem Küchenmixer. Unmöglich, da einen Fitzel zu schnappen und festzuhalten, um ihn in Ruhe zu betrachten; höchste Verletzungsgefahr!

»Lassen wir ihn denn jetzt im Kofferraum liegen?«, fragte Roland.

»Willst du zurück und ihn fragen, ob er Hunger hat?«, ätzte Mäx.

»Ich denke schon. Das Auto steht im Schatten, es wird Tage dauern, bis man was riecht«, überlegte ich laut, eher für mich selbst, aber plötzlich standen die Schnitzel auf dem Tisch und wir verfielen wieder in brütende Stille.

Und dann tauchte dieses Kind auf! Das heißt: Sein Gesicht tauchte über dem niedrigen Zierstrauch im Blumenkübel auf, der eine Art Zaun zum Großparkplatz bildete.

»Schau mal, Mama, die Männer essen Schnitzel«, sagte das Kind.

»Hau ab«, knurrte Mäx.

»Schmeckt dir das Schnitzel?«, wollte das Kind wissen.

»Hau ab«, zischte Mäx und begann sich nervös in alle Richtungen umzusehen. Er zog seine pechschwarzen Augenbrauen bedrohlich zusammen, und ich kannte ihn gut genug, um zu wissen, dass er jeden Moment die Beherrschung verlieren würde.

Die Mutter hielt den Augenblick für gekommen, in dem sie eingreifen musste.

»Komm, lass die Männer in Ruhe essen«, sagte sie und zog den Buben am Arm fort. Doch im letzten Moment, ehe sie sich wegdrehte, streifte ihr Blick meine Hand, die linke, in der ich die Gabel hielt, mit der ich gerade ein schönes Stück Schnitzel aufgespießt hatte, und sie erstarrte förmlich in der Bewegung. Ihr Gesichtsausdruck wechselte von Verwirrung zu Überraschung zu Furcht.

»Jetzt schnell, wir müssen gehen!«, befahl sie ihrem Kind und hastete davon, den Kleinen am Ärmel unsanft hinter sich herziehend. Da erinnerte ich mich ebenfalls. An den Überfall auf den Supermarkt vor zwei Monaten, als ich in Nürnberg das Geld beschafft hatte, mit dem wir den Volvo gekauft hatten. Ich hatte so eine Sturmhaube getragen, wie es auch die linksextremen Steineschmeißer tun, wenn sie sich mit der Polizei zoffen. Und ich hatte die Aktion blitzschnell über die Bühne gebracht, praktisch wie aus dem Lehrbuch. Doch hinterher war mir aufgefallen, dass ich vergessen hatte, vor dem Überfall meinen roten Siegelring abzulegen, und dass eine der Kundinnen völlig verängstigt mit riesigen Augen und einer zitternden Hand vor dem Mund unentwegt auf die Mündung meiner (im Übrigen nicht geladenen) Pistole gestarrt hatte. Die Frau mit dem Kind soeben, die hatte denselben Laserblick gehabt – aus denselben panisch aufgerissenen Augen auf denselben auffälligen Ring.

»Leute, Leute«, verkündete ich, »die Idee mit dem Schnitzel war wohl leider ein Hirnfurz. Wirt! Wir zahlen, aber pronto!«

Die anderen zwei spürten sofort die Drohung, die in meinem Tonfall mitschwang. Das hat mir die Daggie dann irgendwann erklärt, weil sie das einmal hatte lernen müssen, in Verhaltenspsychologie. Dass nämlich Angst – genauso wie Gier und Neid – ansteckend ist, sie überträgt sich von einem Menschen zum nächsten, weil das irgendwann, vor der Steinzeit noch, nützlich gewesen war, dass wenn einer den Säbelzahntiger sieht und erschrickt, die anderen das sofort merken.

»Eimer« ließ das Besteck fallen, richtete sich kerzengerade auf und musterte hektisch die Umgebung.

Mäx blieb gelassener. »Das is'n Grieche«, sagte er, »mit ›pronto‹ kommst hier nicht weiter.«

»Schätze, ich bin erkannt worden«, erklärte ich. »Aber jetzt bloß nicht die Nerven verlieren, eine Viertelstunde dürften wir noch haben.«

Doch es war bereits geschehen: »Eimer« schoss in die Höhe, schwang sich mit einer Geschicklichkeit, die er bisher sehr erfolgreich vor uns verborgen hatte, über das Gebüsch und rannte los. Ich nahm alle Willenskräfte zusammen, um nicht kopflos hinterherzustürmen, und ich sah an Mäx' malmenden Kiefern, dass auch er sich schwer zusammenreißen musste, um nicht durchzugehen wie ein Pferd, das von einer Wespe gestochen wurde.

Die Bedienung, die mich eine Minute zuvor noch ignoriert hatte, bekam es wohl mit der Angst, wir könnten die Zeche prellen, stand im Handumdrehen an unserem Tisch und fragte, ob wir zufrieden seien. »Ja, ja«, beeilte ich mich zu sagen, »alles prima und hervorragend, aber bitte die Rechnung, wir haben es eilig.« In diesem Moment sprang auf der anderen Seite des Flusses, aus Richtung der Therme, ein Martinshorn an.

Roland war um die Ecke gerannt, vermutlich zum Fuß-
weg, der am Ufer entlang zu der Brücke führte, wo wir den
Volvo ausgesetzt hatten. Ich sagte Mäx, dass er schon mal
zahlen solle, ich sei gleich wieder zurück.

Ich musste tatsächlich einen Moment nachdenken, weshalb mir nach zehn Schritten Richtung Altmühl ein rennen-
der Roland entgegenkam. Dann hatte ich's: Ihm war auf
halbem Wege zurück zum Auto eingefallen, dass da eine
Leiche drin lag. Er kannte Treuchtlingen nicht, das Auto
war im gesamten Ort sein einziger Anhaltspunkt gewesen.
Und dann sah er mich und fühlte sich wahrscheinlich in die
Zange genommen, zudem es inzwischen mehr als ein Martinshorn war: Auch aus Richtung der oberen Stadt näherte
sich das markerschütternde Heulen.

Roland verlor buchstäblich den Kopf, keine Ahnung, was
da in ihm vorging. Er wandte sich von mir ab, hastete zur
hölzernen Fußgängerbrücke hinter der Stadthalle, stieg
aufs Geländer – und sprang. Irgendwie muss er sich ausgerechnet haben, dass er schwimmend eine größere Chance
hätte zu entkommen. Zwanzig oder dreißig Meter oberhalb
erklangen die Schreckensschreie einer Gruppe Kanufahrer,
die mit zugesehen hatten. Ich weiß es nicht genau, aber ich
vermute, dass es auch diese Leute waren, die ihn aus dem
Wasser zogen. Später, während des Prozesses, erfuhr ich
nur, dass er unglücklich auf Steine am Grund des Flusses
gestoßen, ohnmächtig geworden und ertrunken war.

»Ich bin so froh, dass du es nicht warst!«, sagt Daggie
heute noch ab und zu, und ich gebe ihr natürlich immer
recht, wenngleich ich mir insgeheim schon denke, dass ich
niemals so blöd sein würde, in einen Bach wie die Altmühl
zu köpfen, die nur drei Schritt vor der Mündung in die Do-
nau geringfügig tiefer als eine Pfütze ist.

Es dauerte nicht lange, da mischten sich dann natürlich auch noch die Martinshörner der Sankas in den Sirenenlärm, aber ehe es so weit war, hatte ich mir Mäx geschnappt und zog ihn hinter mir her, am Feuerwehrhaus vorbei Richtung Stadtmitte, zum Bahnhof, denn ich wollte den nächstbesten Zug nehmen, der uns möglichst weit weg von dem ganzen Kladderadatsch bringen sollte. Wir entfernten uns, so schnell wir konnten, ohne in Trab zu verfallen, was uns endgültig verdächtig gemacht hätte. Es wäre zu viel gesagt, dass ich mich in Treuchtlingen auskannte wie in meiner Westentasche, aber da ich rechter Hand am Ende einer Straße die in einem fürchterlich kitschigen Sonnenuntergangsrosarot gestrichene Kirche erspähte, steuerte ich darauf zu, weil ich mir dachte: Wo eine Kirche ist, da gibt's auch einen Platz und eine Hauptstraße und einen Wegweiser.

Hinter uns lärmten die Einsatzfahrzeuge, aber dass zu diesem Zeitpunkt schon die Hunde bellten, bildete sich Mäx wahrscheinlich nur ein. Dafür hatte ich links vorne den Rathausturm erspäht und wusste nun, wo wir waren. Ein kurzer Blick über die Schulter zeigte mir, dass uns niemand folgte, aber natürlich fühlten wir uns auf dem großen, völlig offenen Kirchplatz überhaupt nicht wohl. Bei einer Trattoria bog ich daher rasch in eine enge Gasse ab, die, so empfand ich es in diesem Augenblick, der Himmel dort hatte anlegen lassen, damit man bei Bedarf hineinschlüpfen konnte.

Wir rannten los. Jedenfalls für etwa zehn Meter, ehe wir hinter einer Biegung auf die Waschmaschine stießen. Zwei asiatisch aussehende Männer hatten es geschafft, zusammen mit dem ungewöhnlich großen Gerät ein Knäuel zu bilden, das die ganze Gasse verstopfte. Wie sie das Monstrum überhaupt bis dorthin gebracht hatten, war mir rätselhaft, aber offensichtlich war, dass die Chinesen einen schmalen Hauseingang ansteuerten, in dessen Halbdunkel ich eine steile Holztreppe erspähte. Hinter uns wurde das Plärren eines Martinshorns lauter, also ergriff ich die Gelegenheit beim Schopf:

»Los, wir helfen beim Tragen«, sagte ich und schubste Mäx zum Hauseingang.

Die beiden Typen ließen sich nicht zweimal fragen, ob sie zwei Paar zusätzliche Arme brauchen konnten. Im selben Moment, als Mäx und ich, während wir die entsetzlich schwere Kiste hochstemmten, auf die erste Stufe traten, schwappte mir aus dem hin und her wackelnden Schlauch ein Schwall Wasser über die Hose. Daggie sagte später, ich sei herumgelaufen, als hätte ich mich soeben vollgeschifft. Denn nur ein paar Minuten später sahen wir uns zum ersten Mal – das werde ich nie vergessen, auch wenn sich unsere Begegnung gar nicht hätte vermeiden lassen, weil ich sie voll über den Haufen rannte.

Aber vorerst keuchten und fluchten wir noch auf der Treppe und hievten eine tonnenschwere Waschmaschine, die garantiert vor hundert Jahren in irgendeiner sowjetischen Panzerfabrik zusammengeschweißt worden war, das enge Stiegenhaus eines Altbaus hoch.

»Boah! Das stinkt«, nölte Mäx, und er hatte recht: Da waren verfaulte Eier in der Brühe gewesen oder mindestens verfaulte Socken. Aber ehrlich: interessierte mich keinen feuchten Furz in diesem Moment. Denn hinter uns in der Haustür tauchten zwei Polizisten auf und fragten uns, ob wir jemanden gesehen hätten, der hier durchgekommen sei. Und insbesondere jemanden, der in auffälliger Weise in Eile gewesen sei. Anders gesagt: zwei flüchtige Männer.

Die Chinesen keuchten, hätten aber wohl kaum etwas anderes geantwortet, wenn sie mehr Luft gehabt hätten. Ihre Gesichter verrieten, dass sie kein Wort verstanden hatten.

»Nee, sorry, wir haben nix gesehen«, rief ich über die Schulter. »Wir sind momentan aber auch schwer beschäftigt!«

Die Bullen bedankten sich nicht einmal und rannten weiter, und ich wusste, dass uns nur ein paar Minuten blieben, weshalb ich die anderen antrieb: »Hopp etz! Bringen wir das Schätzchen heim ins Nest!«

Wir wuchteten das Trumm dann auch in Windeseile nach oben, und alles wäre gut gewesen, wenn nicht beim Abstellen einer dieser Schraubfüße, die an den Ecken der Maschine unten herausstanden, voll auf dem Fuß vom Mäx gelandet wäre.

»Aua, aua! Anheben!«, schrie er, und wir machten, so schnell wir konnten.

»Los! Komm!«, befahl ich ihm, nachdem wir ihn befreit hatten. »Wir müssen weg!«

Ehe die verdutzten Chinesen, die uns auf die Schultern klopften und etwas von »Snaps! Snaps!« redeten, reagieren konnten, hasteten wir die Treppe hinunter und stürmten hinaus auf die Straße. Dabei rammte ich dann die Daggie, die um die Ecke gebogen kam, weil sie, wie ich später erfuhr, rein aus Neugierde den Polizisten hinterhergeeilt war.

»Hey, tut mir leid!«, rief ich und war schon davon. Das muss man sich mal geben: Ich war voll im Stress in diesem Moment, die vollzählige bayerische Polizei, die Bundeswehr, Hubschrauber, U-Boote, Hunde, das FBI – praktisch alles war gerade hinter uns her. Aber trotzdem flatterte da wie ein Schmetterling über eine Kohlenhalde ein zarter Gedanke durch mein gehetztes Gehirn. Die Daggie, die hatte mir damals auf Anhieb gefallen – ohne Scheiß!

Aber gut. Wir schafften es über die Hauptstraße bis zum Parkplatz, wo dieses Schloss für die Touristen ist und dahinter das Volkskundemuseum mit den endemischen Tontöpfen und wo mir klar wurde, dass ich mich doch nicht so gut auskannte, weil es zum Bahnhof links raufgegangen wäre, auf der anderen Seite der Mineralwasserfabrik. Mäx freute sich nicht so richtig darüber, dass ich nun endlich wirklich wusste, wohin, denn er konnte einfach nicht mehr. Sein Fuß drohte zu explodieren, er brauchte unbedingt eine Mitfahrgelegenheit oder zumindest eine Pause. Oder beides.

Ich bin weiß Gott kein Minuskumpel, das sagte ich auch später dem Richter, und ich hätte Mäx niemals in diesem Müllcontainer sitzen lassen – im Gegenteil: Ich hätte alles getan, um ihn da rechtzeitig wieder rauszuholen, denn inzwischen hörte auch ich das Gebell der Hunde, und die Anzahl der plärrenden Martinshörner, an die ich mich irgendwie schon gewöhnt hatte, musste inzwischen die Hundert überschritten haben.

Aber mir kam ganz unerwartet etwas dazwischen, nämlich die Frau aus der Bäckerei, die drei große Kuchenbleche in den Kofferraum des VW Kombi stellen wollte, nur eine Minute zu früh, weil sonst hätte ich ihn geknackt gehabt und wäre mit Karacho losgefahren, um Mäx zu befreien.

Jedenfalls waren da diese zwei großen Müllcontainer gestanden, wo man den Deckel nach hinten schiebt. Mäx kletterte als Erstes rein, der Verschluss schnappte wieder zu, als er die Klappe herunterzog, das gab mir schon zu denken, und als ich dann mit einem Bein im zweiten Container stand, schlug mir dieser entsetzliche Gestank dermaßen entgegen, der Müll knirschte und klebte ganz grauenhaft – nein!, dachte ich da, das kann's nicht sein. Selbst wenn ich damals schon gewusst hätte, dass ich das alles nur für Daggie tu, wäre ich nicht hineingestiegen. Bloß ist das ja sowieso Unsinn, weil ich die Daggie noch nicht näher kannte. Ich änderte meinen Plan, beschloss in der richtigen Richtung nach einem Auto zu suchen, das ich ausleihen könnte. Ich fand auch eines hinter einem der Häuser an der Bahnhofstraße, nur krachten dann plötzlich die drei Kuchenbleche nacheinander auf meinen Schädel, und es war ein Glück, dass sie schon leer gefressen waren, weil ich sonst vielleicht wirklich ernsthaft verletzt worden wäre, wegen des Gewichts, und nicht bloß ohnmächtig. In der Zwischenzeit – die Daggie meinte, es könne nicht länger als zehn Minuten gedauert haben –, bis ich wieder zu mir kam, war dann das Müllauto gekommen und hatte den Mäx hochgehoben und mitsamt dem Müll in die Schredderwalze geschüttet, sodass unten aus dem Laster der Saft heraustropfte. Ich dachte: Schade ist's um ihn! Wo wir uns schon so lange gekannt haben!

Andererseits halfen mir in gewisser Weise meine Kumpels am Ende sogar noch über den Tod hinaus. Denn niemand widersprach, als ich dem Richter erzählte, dass ich nur passiv dabei gewesen sei und das Opfer, wie sie den Dr. Bebel nannten, kein einziges Mal berührt hatte. Das war das zweite Glück, das ich hatte, und das erste hatte mich schon ereilt, als ich am Tag des Prozesses in den Gerichtssaal geführt wurde und dort an dem Tisch, wo der Staatsanwalt seinen Platz hat, die Daggie stand. Sie trug eine lange schwarze Robe und sah einfach umwerfend aus. Freilich merkte niemand sonst außer mir im Saal, dass sie mir ein Zeichen gab, als sie sich die langen blonden Haare aus dem Gesicht streifte und mich für eine Sekunde anlächelte.

Ich schwor also vor dem Vorsitzenden, dass ich nichts mit der ganzen Sache zu tun hatte, die Daggie stand ganz auf meiner Seite und beschuldigte auch ausschließlich Mäx und den »Eimer«, die Tat ausgeheckt und mit äußerster

Brutalität durchgeführt zu haben, und wenn sie nicht meine Fingerabdrücke im Auto gefunden hätten und wenn die blöde Kuh, die mich vom Raubüberfall her wiedererkannt hatte, die Klappe gehalten hätte, wäre ich komplett sauber aus der Sache rausgekommen und hätte keine einzige Feder gelassen.

Während des Prozesses mussten wir dann auch zur Kenntnis nehmen, dass die ganze Aktion wirklich nichts und niemanden weitergebracht hätte. Denn der Witz an der Sache war, dass der Direktor, den wir entführt hatten, gar nicht mehr Bankdirektor war an dem Tag, als wir ihn uns schnappten. Er hatte schon seit Jahren gesoffen, seine Frau war ihm davongelaufen mitsamt den Kindern, zwei Wochen zuvor hatte ihn dann noch die Bank rausgeschmissen, weshalb er auch erst so spät aufgetaucht war. Das heißt, wir hätten sehr, sehr lange auf ein Lösegeld gewartet, wenn nicht sogar für immer, während unsere Geisel auf unsere Kosten eine Flasche Schnaps nach der anderen gepichelt hätte ...

Ach, so einen Schnaps hätte ich jetzt auch gerne! Schnaps gibt's überhaupt keinen hier in meiner Zelle, die ich mir mit einem total verschrobenen Typen teilen muss, ein echter Irrer, der angeblich ein paar kleine Kinder erwürgt hat, aber so genau will ich das gar nicht wissen. Immerhin muss ich es ja noch mindestens fünfzehn Jahre mit ihm aushalten. Weil: Ich hab mir das alles nur so schön ausgemalt, mit der Daggie, wenn ich nachts wach liege und mir überlege, wie alles hätte anders laufen können.

In Wahrheit ist der Roland nämlich gar nicht ertrunken. Der sitzt jetzt zwar im Rollstuhl, aber das hatte ihn nicht gehindert, alle Verantwortung auf mich zu schieben, als wäre er die verführte Unschuld vom Lande. Mäx, das Schwein, sitzt in Augsburg im Knast, aber der kommt nächstes Jahr schon auf Bewährung raus. Die Bullen zogen ihn aus dem Müllcontainer, und weil er ihnen sofort sagte, dass ich zum Bahnhof geflüchtet sei, und auch später wirklich alles über unseren coolen Plan ausplauderte, bekam er mildernde Umstände. Die Staatsanwältin war wirklich eine heiße Braut, und ich versuchte alles, um sie zu bezirzen, wie wenn wir uns unter anderen Umständen getroffen hätten. Ich kann nämlich, wenn ich will, einer Frau im Handumdrehen den Kopf verdrehen, das garantiere ich, nur diese Staatsanwältin hatte keinerlei Sinn für ein wenig Romantik. Stattdessen stellte sie mich als wahre Bestie hin, als Kopf der Bande und gemeingefährlichen Gewohnheitsverbrecher.

Ob sie wirklich Daggie hieß, weiß ich natürlich nicht, aber so nenne ich sie, wenn ich in der Nacht nicht schlafen kann und mir stundenlang vorstelle, was ich mit ihr unternehmen werde, wenn ich irgendwann wieder rauskomme aus dem Bau.

Tessa Korber

Weinfreie Insel

Ich war von Anfang an fasziniert von ihm. Schwer zu sagen, warum. Er sah ja nicht gerade aus wie jemand, den man eine interessante Persönlichkeit nennt. Andererseits ist die Auswahl an neuen Gesichtern in unserem Kaff nicht gerade groß. Hier findet kein Tourismus statt, wenn Sie verstehen, was ich meine. Wir haben keine historisch getreu renovierten Fassaden aufzubieten wie die herausgeputzten Weinorte ringsum. Keine noblen Vinotheken bei uns. Weder hängen hier prächtige Gasthausschilder auf die Straßen, noch öffnen sich hinter Sandsteintoren lauschige Innenhöfe. Wir haben keine sehenswerte Kirche und nichts, das jemand Bekanntes gebaut oder gemalt hätte, auch kein Museum. Bloß das Schloss, aber das ist bewohnt und zu und außerdem grau. Die paar Bauernhöfe sind alt und riechen. Und die Wirtschaft im Ortskern ist nicht danach, dass jemand von auswärts einkehrt.

Manchmal sieht man ein Auto mit fremdem oder sogar ausländischem Kennzeichen. Vielleicht haben sie sich verirrt zwischen all den preisgekrönten Winzer-Ortschaften, oder sie sind auf was Authentisches aus. Das gibt sich meist aber ganz schnell. Die Wagen werden langsamer, der Fahrer guckt, diskutiert mit seiner Frau, die sich auf dem Beifahrersitz den Hals verrenkt. Oft fährt er dann weiter. Wenn sie aussteigen, grinsen wir uns einen und denken: arme Schweine. Aber ich wollte ja von Rufus erzählen.

Das ist nicht so einfach, ich hab ein schlechtes Gewissen wegen ihm. Immer noch denke ich: Hätte ich ihm was sagen sollen? Hätte das was geholfen?

Also, Rufus sah auf den ersten Blick nicht viel anders aus als wir. Er trug Jeans und ein weißes T-Shirt, beide nicht aus modischen Gründen abgeranzt, sondern echt alt. Außerdem war beides von oben bis unten voll mit seinen Farben. Seine grauen Haare hingen ihm bis auf die Schultern, er hätte damit aber keinen Dürer-Ähnlichkeits-Wettbewerb gewonnen. Es sei denn, Dürer hätte nicht überlieferte Aknenarben besessen und eine Säufernase. Letzteres wäre nicht mal unwahrscheinlich, gesoffen haben die ja alle damals, und auch Rufus sprach dem Silvaner kräftig zu, den sie hier anbauen. Nicht bei uns, wir liegen ab vom Schuss, obwohl wir keine zwanzig Kilometer entfernt sind von Rödelsee oder Iphofen, wo die Hölle los ist, Läden und Leute und Lehrstellen und überhaupt. Da ist jetzt wirklich Sommer, mit Eisdielen und Weingärten und randvollen Fußgängerzonen und Andenkenläden und Schwimmbädern. In allen Gassen flanieren die Touristen, und der Silvaner leuchtet in den Gläsern. Genau wie in den Prospekten.

Aber wir sitzen hier fest, mit zwei Bussen am Tag, und die fahren wohin, wo es nicht mal einen Bahnhof gibt.

Ohne Wein bist du hier am Arsch, und wir haben keinen, nur einen, der den Wein von seinem Bruder aus dem Nachbardorf verkauft, bei sich und an der Tankstelle. Da pilgerten wir dann auch immer hin. Die Tankstelle war der einzige Laden am Ort, wenn die Bäckerfiliale mittags schloss, und der heimische Wein war dort der billigste im Angebot und eigentlich auch der beste. Muss man aber wissen, wo der steht, weil die natürlich lieber ihre astronomisch teuren Großhandelsmarken verkaufen, klar.

Alle Stunde ging einer von uns an der Landstraße entlang bis zur Tanke und holte einen neuen 6er-Karton für alle. Rufus gab uns oft Geld, das war einer der Gründe, warum ich ihn klasse fand, aber nicht der einzige, ehrlich. Selbst verließ er die Gärtnerei fast nie. Seit er sich bei uns eingerichtet hatte, ich weiß eigentlich gar nicht genau, wann das anfing, lebte er dort und nur dort.

Gärtnerei, so nannten wir das alte Haus, das außerhalb an der alten Landstraße stand, obwohl es mit dem Betrieb und den Glashäusern daneben nichts mehr zu tun hatte und langsam verfiel. Hier wohnten alle, die nicht wirklich zum Dorf gehörten, und das war natürlich an sich schon interessant, denn im Dorf kannten wir jeden. Hier gab es neue Gesichter: Saison- und Erntearbeiter aus allen osteuropäischen Ländern, die sich in den umliegenden Weinbergen, Spargelfeldern und weiß nicht wo verdingten. Andere arbeiteten in einem der vielen Gastronomiebetriebe der Nachbargemeinden, als Kellner oder Tellerwäscher, Mädchen für alles oder Hilfsarbeiter. Von Elena hieß es sogar, sie studiere, eine Weile jedenfalls. Aber ich glaube, dafür war ihr Deutsch zu schlecht. Vaclav war Ober. Oleg fuhr nachts Pizza aus. Die Montenegriner, die kein Wort verstanden, waren aus ihren rostigen Autos hierher umgezogen, als sie es satthatten, oben am Waldrand zu übernachten. Ihre Finger waren hart und schwarz von der Erde, die in allen Hautritzen saß. Sie fuhren immer zu dritt zur nächstgelegenen Norma einkaufen. Vielleicht passten sie aufeinander auf, damit keiner zu viel von seinem Geld ausgab. Und einer schälte immer Kartoffeln, wenn wir kamen. Überhaupt kochte eigentlich stets irgendwer und lud dazu ein. Zu unserem Wein spendierten sie manchmal Schnaps von zu Hause. Milan jobbte als Waldarbeiter, neuerdings für das Fürstenhaus. Seine Frau kam jetzt immer mit, wenn er da war während der Saison, und putzte bei einer ständig wachsenden Zahl von Haushalten, angefangen im Schloss. Sie würden demnächst ausziehen, das taten alle, die sich ein festes Standbein verschafften, einen Job fanden oder einen Partner. Dann mieteten sie eine der Bruchbuden im Dorfkern und rückten in der Gemeinderangordnung eine Stufe auf.

Tilo und ich, wir gehörten dazu, klar, mein Vater hatte den Hof seit tausend Jahren, seiner war im Ort der Gas-Wasser-Scheiße-Heini. Andi wollte später mal studieren und machte immer die Verse für die Kirchweihpredigt der Burschen. In der Gärtnerei hockte er meist in einer Ecke und schrabbelte auf seiner Gitarre rum, bis irgendjemand sie ihm abnahm und ihm zeigte, wie man das richtig machte. Dann war noch Sabine dabei. Sabines Mutter war Friseuse, aber nur mobil. Sie schnitt all den alten Frauen die Haare, die nicht mehr so recht aus ihrem Haus herauskonnten, und mal ganz ehrlich, das waren hier im Dorf ja die meisten. Sabine fand immer ein Herz, das sie brechen konnte, ich meine damit nicht, dass sie mit jedem pennte, obwohl sie das auch manchmal machte. Aber eigentlich suchte sie nur jemanden, den sie vollschwallen konnte und der an ihren Lippen hing, weil er ihre Stories nicht alle schon auswendig kannte. Seit die Asylanten alle nach Kitzingen verlegt worden waren, gab es da nicht mehr so viele. »Andrej sieht was in mir«, sagte sie dann, und das war ja okay, denn wir sahen eher nichts in ihr, ganz ehrlich. Das war früher mal anders. Ich hatte sie mal mitnehmen wollen, wenn ich erst achtzehn wäre und mir die alte Yamaha in der Scheune hergerichtet hätte. Aber das hat sich irgendwie erledigt.

Alle kamen wir aus dem Dorf oder suchten einen Weg hinein. Mit Rufus war das anders. Er wirkte selbst in der Gärtnerei wie ein Fremdkörper, wo alles sich mischte. Und das war es vermutlich, was ihn besonders interessant machte: Er gehörte zu keiner Sorte Mensch, die ich kannte.

Rufus malte außerdem, das muss man sich mal geben; in einem der kaputten Gewächshäuser hatte er sich ein Atelier eingerichtet, mit einem Holzofen, alten Pappen und Decken als Sichtschutz und allem, was er so fand. Er schlief auf einer Matratze auf dem Boden, wie ich das auch immer wollte daheim, aber meine Mutter meinte, das sei ungesund wegen der fehlenden Lüftung und so, und deshalb hatte ich weiter mein spießiges Jugendzimmerbett. Nicht mal die Wand durfte ich schwarz anmalen. Rufus bemalte alles, was er fand. Denn Rufus war Maler. Dazu brauchte er Licht, sagte er. Licht, Inspiration und Alkohol. Er konnte alles malen: Landschaften, Porträts, Stillleben, wie man es wollte. In jeder Farbe, sagte er. Weil er Künstler sei.

Rufus redete viel, wenn man ihn fragte. Es war nicht so, dass er verschlossen gewesen wäre. Dass er mal Rocker war, erzählte er. Und auch, dass er im Knast gesessen hatte. Wir dachten: Wahnsinn. Und dass es hoffentlich stimmte. Er wäre der erste echte Verbrecher, den ich kannte. Was er denn angestellt habe, fragte ich. Er überlegte, legte den Kopf in den Nacken, nahm einen Zug von seiner Selbstgedrehten und stieß den Rauch aus, wobei er seine Augen zusammenkniff auf eine Weise, als dächte er an ein langes Leben voller Abenteuer und Gewalt zurück. Dann nahm er seine Finger zu Hilfe und zählte auf: räuberische Erpressung, Körperverletzung, Fahrerflucht, Sachbeschädigung, Landfriedensbruch, Ruhestörung. Auch an seinen Fingern war alles voller Farbe, gelb, orange und lila, wie die Landschaft mit Sonnenuntergang, die er gerade auf eine riesige Leinwand spachtelte. So wie er erzählte und dabei dasaß auf dem umgedrehten Bierkasten, mit seinen zottigen Haaren und den feuchten schwarzen Augen, wirkte das alles wie aus einer sehr fernen Welt, weit weg und gar nicht richtig wahr. Wie die Landschaften auf seinen Bildern, die auch irgendwie nicht echt aussahen, auch wenn ich ihm das nicht sagte. Und wenn das alles doch stimmte, dachte ich mir, dann war inzwischen irgendwas mit Rufus passiert, was ihn freundlich und harmlos machte, zu dem Rufus eben, der vor mir saß und kein schlechter Mensch sein konnte. Vielleicht hatte ihn die lange Zeit im Gefängnis verändert oder die Einsamkeit danach. Oder er hatte mal was auf den Kopf gekriegt bei einem seiner Landfriedensbrüche, keine Ahnung. Jedenfalls, ich fand Rufus großartig. Er klatschte die Farben nur so auf die Leinwand, mit dem Spachtel und mit nacktem Oberkörper und der Zigarette im Mundwinkel. Ich hätte ihm stundenlang dabei zusehen und reden können.

Manchmal sagte Rufus »Junge, tu uns einen Gefallen« und gab mir einen Schein, und dann trabte ich los zur Tankstelle und holte den nächsten Karton Silvaner und eine Packung American Tobacco in Gelb für Rufus.

Ines hatte an jenem Abend die Nachtschicht. Sie fragte, wie es meiner Oma gehe, und ich half ihr, die für die Remission gebündelten Zeitungen rauszutragen. Eine hatte sie vergessen, in die wickelte sie mir die nächsten sechs Flaschen ein, weil der letzte Karton kaputt war und nicht hielt. So klirrten sie nicht in der Tüte. »Grüß deine Oma von mir«, rief sie zum Abschied. Auf dem ganzen Heimweg kamen gerade mal zwei Autos an mir vorbei. Ihre Rücklichter verglühten zwischen den Maisfeldern. Ich ging links, wie man das auf Landstraßen tun soll. Der alte Köter an der unteren Mühle bellte wie immer wie verrückt, obwohl er mich kannte. Es war Neumond. Irgendwo knatterte ein Motorrad, tief und satt. Dann noch eines. Es waren drei. Sie fuhren an mir vorbei in dem Moment, wo ich die Straße überqueren wollte, um rüber zur Gärtnerei zu gehen. Was für ein Sound, dachte ich, als sie wieder in die Dunkelheit tauchten. Wenn meine Yamaha erst mal so weit war, würde ich mich draufsetzen und auch losfahren, in die Nacht hinaus, einfach irgendwohin, nur weg hier. Ohne Sabine. Oder vielleicht doch mit ihr, wenn Andrej aufhörte, was in ihr zu sehen.

Erst mal allerdings musste ich das Geld für den Führerschein zusammenhaben. Mama wollte mir nur den 3er zahlen, ich musste mir alles von meinem Lehrgeld als Autoschrauber absparen. Manchmal wünschte ich, ich könnte mich vor meine Mutter stellen und so wie Rufus einen Zug nehmen und den Rauch ausstoßen und gar nicht mehr tun müssen, um jemanden zu überzeugen, als bloß so zu schauen und zu schweigen. Aber Mama wusste ja nicht mal, dass ich rauchte.

»Was für ne Maschine hattest du eigentlich?«, fragte ich Rufus, als ich ihm seinen Tabak überreichte. Und ob er auch so eine Weste gehabt hatte mit Aufnähern und Fransen und einen Totschläger und so was. Als mein Opa gestorben war und wir die Scheune ausräumten, hab ich so ein Ding gefunden, das man ganz früher auf sein Gewehr gesteckt hat, zum Zustechen. Mama fand das schlimm, aber ich hab es heimlich behalten und nachgelesen, dass man das im Nahkampf den Leuten in den Bauch rammte, drehte und dann wieder rauszog. Wenn das nicht gleich ging, musste man den Fuß heben und gegen den Körper des anderen stemmen. Das hab ich mir abends im Bett manchmal vorgestellt und in die Luft hinein geübt.

Ich hätte ihn Rufus gerne gezeigt, irgendwann. Und ihn gefragt, wie sich das anfühlte, so ein Bankraub.

»Wie viel habt ihr erbeutet, damals bei dem Banküberfall?«, wollte Sabine wissen, die gerade reinschaute. Nicht wegen mir; hat nur sofort gemerkt, dass Weinnachschub da war.

»Ist alles weg«, sagte Rufus und schaute uns an mit feuchten, dunklen Seelenaugen. »Hab ich in Venezuela ausgegeben auf der Flucht. Wart ihr mal in Südamerika? Ist unglaublich dort.« Und er erzählte und erzählte, und fast konnte ich mich schon dort sehen, nachts am Strand, schwimmen, obwohl die Haie nachtaktiv waren, während die Musik aus den Bars herüberklang. Sabine würde nur bis zu den Knien mit reingehen, nackt im Mondlicht. Und was in mir sehen, wenn ich durch das im Mondschein glitzernde Wasser schnitt.

Am nächsten Morgen, als ich beim alten Pfister nach der Batterie von seinem Opel schauen sollte, der nicht ansprang, sah ich die drei Motorräder vor der Wirtschaft stehen. Es konnten kaum dieselben drei sein, die waren ja gestern dorfauswärts gefahren, und wer kam schon hierher zurück von den Ausflüglern, die auf dem Weg waren zu sehenswerten Zielen? Andererseits kamen sie mir genauso vor. Die Besitzer hockten auf der einzigen Bierbank, die im Hof aufgestellt war. Sie trugen Sonnenbrillen, Fransenwesten, Lederstiefel und waren so massig, dass man Angst hatte, sie würden durchs Holz krachen. Sie redeten nicht, die ganze Zeit nicht, die ich dort arbeitete. Arme Schweine, wollte ich wie üblich denken, doch es gelang mir irgendwie nicht.

»So, alles wieder in Ordnung«, sagte ich zum alten Pfister und ließ die Motorhaube runterknallen. Die drei wendeten nicht einmal die Köpfe. Auch als die Biere kamen und vor sie gestellt wurden, regten sie sich nicht. Ich erklärte dem Alten, dass er sich demnächst eine neue Batterie anschaffen müsse, ließ ihn die Rechnung unterschreiben, kassierte einen Fünfer Trinkgeld und stieg auf mein Rad, um zurück zur Werkstatt von meinem Meister zur radeln. Aus den Augenwinkeln beobachtete ich die drei, solange ich konnte.

Nachmittags sah ich einen von ihnen an der Tankstelle wieder. Mein Meister trinkt dort immer um vier mit zwei anderen seinen Kaffee und tratscht mit dem Besitzer. Ich stand dabei und hörte zu und beobachtete durch die Fensterscheibe, wie der Fremde vorfuhr, die Beine auf den Boden stellte, den Helm abnahm und Sabine was zurief, die in den Regalen draußen nach Zweitakterbenzin für ihr Moped suchte. Sie ging auch brav zu ihm rüber, und ich sah sie reden. Sabine drehte an ihren Haaren und guckte in alle Richtungen und zeigte auch einmal wohin. Ich ging raus, als er wegfuhr. »Na?«, fragte ich. »Was sieht er denn in dir?« Eigentlich wollte ich wissen, worüber sie geredet hatten, aber das konnte ich vergessen, denn sie streckte mir die Zunge raus und meinte, mit so einem Blinden wie mir lohne das Reden nicht. »Blind vielleicht, aber nicht taub«, rief ich ihr nach. »Blablablabla!« Ich hielt mir die Ohren demonstrativ zu, was sie leider nicht mehr sah. Sie ist echt so was von dämlich. Ehrlich, ich hab mir nichts dabei gedacht, als ich später daheim die alte Bajonettspitze aus meinem Kleiderschrank holte und sie mir hinten in die Jeans stopfte. Ich wollte sie Rufus ja eh zeigen. Für mich gab es da noch lange keinen Zusammenhang.

Abends dann heulte mit einem Mal die Sirene. Andi und Tilo sind beide bei der Freiwilligen Feuerwehr. Sie kamen auch prompt aus ihren Häusern gehastet, schoben noch die Arme in die Jacken. Der alte Pfister, zu faul, hoch zum Feuerwehrhaus zu rennen, parkte ungelenk seinen Wagen aus; der hätte uns fast noch gerammt. »Ist das ne Übung?«, schrie ich Tilo zu.

Der sagte nichts, sondern deutete nur über das Dach vom Pfister. Jetzt sah ich die Rauchwolke auch. Sie stieg in Richtung Feuerbach auf. Da bekam ich es mit der Angst, auch wenn ich noch gar nicht genau wusste, wieso.

Ich stieg auf mein Rad. Und ich war so schnell, dass ich vor der Feuerwehr draußen war. Die meisten standen in der Auffahrt, Elena, Vaclav, Oleg. Von den Montenegrinern sah ich zwei, aber da dachte ich noch, der andere könnte ja auf Arbeit sein. Genau wie Andrej. Oder Milan. Bestimmt waren die nur gerade nicht da. Eben war ja noch alles so normal gewesen, da schaltete man nicht innerlich einfach so auf Katastrophe. Sie waren ja auch alle wie immer, sie redeten durcheinander, wie ich es gewohnt war, allerdings in ihren Heimatsprachen, sodass ich kein Wort verstand, wie sonst nur, wenn ich schwer besoffen war. Was das Haus betraf, war alles offensichtlich. Aus den Fenstern quoll schwarzer Rauch; und auch wenn ich nicht bei der Feuerwehr war, war mir klar, dass da drinnen nichts zu retten war. War ja aber auch nie viel drin gewesen, mal ehrlich. Sperrholzmöbel und ein paar Koffer, das Teuerste war der Fernseher gewesen. Den Verlust konnte man verschmerzen.

Oleg schrie am lautesten, und so nach und nach wurde mir klar, dass er nach seiner Frau schrie. Sie stand nicht bei den anderen, die auch alle brüllten und gestikulierten und heulten und sich um- und umdrehten, als könnten sie Olegs Frau dazu bringen, sich im größten Durcheinander zwischen ihnen zu materialisieren. Die Montenegriner sagten gar nichts. Und langsam, ganz langsam, fing ich an zu begreifen, dass wirklich was ganz, ganz Schlimmes passiert sein könnte.

»Rufus!«, schrie ich. Es überfiel mich so heftig, dass ich gar nicht laut genug schreien konnte: »Rufus!« Die Feuerwehr kam mit Lichtern und Sirenen und ließ den Schotter in der Einfahrt spritzen. Ich nutzte den Moment, um hinter das Haus zu laufen, zu dem Gewächshaus, in dem Rufus zu malen pflegte. Dort schien noch nichts zu brennen, und die alten Decken hingen noch hinter den Scheiben. Die Tür stand sperrangelweit offen, also stürzte ich hinein.

Beinahe wäre ich gegen Rufus geprallt, der in der Mitte kauerte und mit dem Rücken zu mir in einer alten Kiste kruschte. Ich war so überrascht und auch erleichtert, dass ich nicht sofort den Benzinkanister bemerkte, der neben ihm stand. Mit Sabines blöden Stickern drauf. Und ihr Mofa stand draußen.

»Rufus?«, wiederholte ich noch mal, weil ich das alles nicht zusammenbekam. Als Nächstes bemerkte ich die Sporttasche in seinen Händen. Es war tatsächlich eine Sporttasche, wie in den Fernsehkrimis. Und die Geldbündel sahen genauso sauber und unecht aus wie in den Filmen auch. Rufus zog den Reißverschluss zu und hängte sie sich über. Mir klatschte er ein altes Zeitungsblatt vor die Brust.

»Mach's gut, Junge.« Damit verschwand er.

Ich taumelte rückwärts und setzte mich auf seine Matratze, ganz starr vor Nichtbegreifen oder Nichtbegreifenwollen. Denn Rufus hatte gelogen. Er hatte das Geld nicht in Venezuela ausgegeben. Vielleicht war er dort nie gewesen, und wir würden dort niemals gemeinsam mit den Haifischen schwimmen. Seltsamerweise tat es mir am meisten um Sabine leid im Mondschein. Sie verschwand einfach, vor meinen Augen. Stattdessen starrte mich von der Zeitungsseite ein Macker böse an, Rockerjacke, Kopftuch, Sonnenbrille hochgeschoben auf die Stirn. Ich kannte ihn, ich hatte ihn jetzt schon zweimal gesehen. Es war nicht der Typ Zeitung mit viel Text. *Bankraub-Killer nach über zwanzig*

Jahren wieder frei, stand da. Und: *Wird er sich rächen?* So wie es aussah, hatte er es zumindest versucht.

»Rufus!«, rief ich wieder. Mir fiel echt nichts anderes ein. Ich fand ihn nebenan, in der Scheune, wohin der Lärm und die Helfer noch nicht vorgedrungen waren. Dort standen drei Motorräder. Aus einer alten Pferdebox ragten zwei Füße in Stiefeln. Rufus hatte begonnen, auch hier Benzin zu verteilen. »Ist das der Bankraub-Killer?«, fragte ich atemlos.

Rufus lachte. »Der liegt im Haus. Dachte, er könnte die Mädels als Geiseln nehmen, der Idiot. So was funktioniert in Banken.«

Er sagte »Mädels«, und ich dachte: Sabine. Und Olegs Frau, gut, die auch. Aber ich dachte vor allem: Sabine. Rufus schnallte sich die Sporttasche auf den Rücken und griff nach einem Helm. »Ich mag dich, Junge«, sagte er. »Verzieh dich einfach.« Er zückte sein Feuerzeug.

Ich wollte sagen: »Sabine«, brachte aber nur »Venezuela« heraus. Vielleicht sagte ich auch »Haifisch« oder »Mondschein« oder irgend so einen Blödsinn, keine Ahnung. Rufus jedenfalls schien mich nicht zu verstehen. Er holte mit dem Helm aus und warf ihn nach mir. Er traf auch, sodass ich beiseitetorkelte. Rufus ließ die Maschine an und das Feuerzeug fallen. Das alte Stroh brannte sofort. Die Flammen flossen förmlich über den Boden, auf die Balken zu und den ganzen hölzernen Kram. Das würde hier binnen Minuten ein Inferno sein. Ich lag am Boden und starrte zu ihm hoch und konnte es nicht fassen.

Dass er noch mal mit dem Stiefel nach mir trat, als er anfuhr, bekam ich gar nicht mehr so richtig mit. Auch nicht, dass ich nach hinten in meinen Hosenbund griff und die Eisenspitze zu fassen bekam. Zustoßen, rumdrehen, rausziehen. Das Rumdrehen ist, damit es mehr weh tut und sich die Eingeweide verhaken und mit rausgezogen werden. Das ist nicht von mir, das stand im Internet. Ich hatte gut geübt an den langen Abenden allein im Bett. Und auch wenn Rufus keine Eingeweide in der Wade hatte, tat es ihm offenbar höllisch weh. Er brüllte auf und ließ den Lenker los. Das Motorrad kippte zur Seite, er mit einem Bein drunter. Er fluchte fürchterlich.

Die Spitze hatte sich irgendwie in seinem Fleisch festgefressen, aber was man da tun musste, wusste ich ja auch. Ich trat nach ihm, traf erst das Gesicht, dann sein Knie. Da kriegte ich mein Bajonett wieder frei. So schnell ich konnte, rappelte ich mich auf und rannte zum Scheunentor. Ich verriegelte es von außen. Von Rufus war nichts zu sehen und zu hören. Ich konnte mich darauf verlassen, dass die Feuerwehr sich auf das Haus konzentrieren würde und die Frauen, die allerdings vermutlich eh nicht mehr zu retten waren. Ob die Polizei rausfinden würde, was mit ihnen passiert war? Oder mit den drei Rockern? Ich hätte ihnen was dazu sagen können, aber was wusste ich schon? Nichts Genaues.

Als ich mich vorne zu den anderen stellte, lagen die Schläuche wie fette Schlangen in der Einfahrt, Wasser spritzte und gurgelte und schien doch nichts auszurichten gegen die Glut, die aus dem Dach fauchte und schlug. Die Straße war fein säuberlich abgesperrt und die Leute auf die andere Seite bugsiert worden; überhaupt sah alles nicht viel anders aus als bei einer der Übungen, wenn sie eine Feldscheune abfackeln durften. An Schaulustigen hatte es da auch nie gefehlt. Dass diesmal in den verkohlten Resten so einige Überraschungen warten dürften, wussten sie ja noch nicht.

Vermutlich würden sie eine Menge rausfinden von dem, was geschehen war: die Brandstiftung, die Stichwunden, die gesuchten Verbrecher. Aber am Ende würde in der Zeitung, die nicht der Typ war für viel Text, nur das eine stehen: *Abrechnung unter Gaunern.* Und darunter: *Traurige Zahl von zivilen Opfern.* Und das im schönen Weinfranken. In der Dorfkneipe würden sie den Kopf darüber schütteln, ich konnte sie jetzt schon reden hören.

»Wolltest du zum Sport?«, fragte Tilo mich, als er in einer Pause mal den Helm abnahm, um zu Atem zu kommen und was zu trinken. Er wies auf die Tasche, die über meiner Schulter hing. Vielleicht hatte ich auch den Handgriff nicht wirklich bemerkt, mit dem ich sie mir geschnappt hatte. Wenn man mit dem Fuß gegen einen Körper trat, konnte man fast alles unter ihm hervorziehen, egal, wie schwer er war. »Fußball mit den Feuerbachern«, sagte ich und zuckte mit den Achseln. »Aber das hier ist spannender, echt.«

Die Tasche war schwer, kaum zu glauben, wie sehr. Ich werd sie unter mein Bett packen, zum Glück habe ich es noch, wegen der Lüftung. Wenn ich achtzehn bin, mache ich den Motorradschein, richte mir die Yamaha her, und dann fahre ich los. Vielleicht stell ich mir vor, Sabine wäre dabei. In dem Moment krachte das Dach der Scheune ein.

Helwig Arenz

Das Venedigermandl

Es ging kein Wind. Der Wald war licht hier. Silbrig blau war der Himmel, und die Luft wirkte so klar, als wäre man viel höher, in den Alpen vielleicht und nicht bloß im Fichtelgebirge.

»Ich könnte die ganze Zeit nur dastehen und atmen!«, rief das Mädchen und streckte die Arme aus. Der kleine Mann stand in der Höhlenöffnung und sah sie an, als wollte er *Mach's gut* sagen. Oder: *Komm mit!* Oder: *Servus!* Aber er sagte nichts. Das Mädchen versuchte zu lächeln.

Sie horchten auf. Wieder hörten sie aus der Ferne ihren wütenden Jäger, der sich schon längst verirrt hatte.

»Ich krieg dich, Venediger! Ich finde dich!«, klang es leise herauf wie aus einer anderen Welt.

»Und wenn er uns findet?«

»Wir gehen nur spazieren.«

Das Mädchen fröstelte in seinem leichten Kleid.

Der kleine Mann drehte sich um und sah in den dunklen Schacht. »Hier lassen wir sie liegen«, sagte er leise. »Eine Weile. Bis sie zu Gold geworden ist.«

»Venediger, du riskierst auf die Fresse!«

Der Venediger schlug sein Bierglas auf den Tisch und fletschte die Zähne.

Aber der Döbereiner meinte es ernst:

»Ich sag dir, du kriegst hier und jetzt vor versammelter Mannschaft eins auf die Goschn, wenn du das nicht zurücknimmst«, verlangte er und sprang auf. Seltsam sah er aus in seinem schwarzen Anzug, wie er unsicher mit dem Finger in die Luft stach.

Aber der kleine Venediger zitterte vor Wut. Er warf seine Ärmchen auf den Tisch und kletterte auf die Bank, um dem Döbereiner Aug in Auge gegenüberzustehen.

»Das wollen wir erst mal sehen!«

Die anderen rückten ein Stück zurück, halb erschreckt, halb belustigt, weil sie dachten, das Aufbrausen der beiden und die Röte in ihren Gesichtern kämen vom guten Rawetzer Zoigl. Aber die Heftigkeit und die Wut kamen ganz woanders her, ganz tief aus dem Venediger.

»Seit '96 bin ich arbeitslos, Bürgermeister!«, schrie er.

»Seit zwanzig Jahren hab ich nicht mehr in meinem Beruf gearbeitet! Was hast du gemacht '96? Hä? Da hast du gerade Abitur gemacht. Und du willst mir was von Aufschwung erzählen in Selb, vom neuen Outlet-Center? Das glaub ich erst, wenn ich's sehe. Döbereiner, ich hab mal Porzellan glasiert! Porzellan! Mit meinen Händen. Und jetzt leer ich den Müll.«

»Er hat recht«, nickte der Friesner in seiner ruhigen, klaren Art. »Mit dem Storg-Kaufhaus war es doch dasselbe. Ein *vielversprechender* Investor nach dem anderen ist abgesprungen.«

Döbereiner sah sie nicht an, er stemmte die Arme in die Hüften. Jahrelang hatte er gearbeitet, jahrelang Lobbyarbeit betrieben, Hände geschüttelt und Kompromisse gemacht. Aber jetzt hatte er es geschafft.

»Baubeginn vom Outlet-Center ist Januar. Oder spätestens, wenn der Schnee weg ist«, sagte er leise. »Das hab ich schriftlich! Für Storg gibt es auch Pläne. Die ganze Innenstadt wird umgebaut. Alles wird schöner!«

»Aber für mich, Bürgermeister, für mich gibt es keine Pläne. Für mich wird nichts schöner«, sagte der Venediger und setzte sich wieder.

Döbereiner drehte sich um. »Vier Komma fünf Prozent Arbeitslosigkeit. Das haben wir geschafft«, murmelte er nur und ging zahlen.

Die anderen fingen wieder an zu reden. Erst ein bisschen, aber dann wich die Betroffenheit ganz, und es war, als wäre nichts vorgefallen. Man stritt eben mal, das war hier so im *Egertaler Keller*. So war das eben.

»Vier Komma fünf Prozent«, wiederholte der Venediger und schnaubte verächtlich. »In Wirklichkeit sind es fast doppelt so viel.«

Friesner legte dem kleinen Mann die Hand auf die Schulter und lächelte ihm aufmunternd zu. Aber der Venediger wollte sich nicht trösten lassen. Dafür war es zwanzig Jahre zu spät.

Die Elke war die Tochter vom Hacker, der auch immer mit im *Egertaler Keller* war mit seinem Rollstuhl. Die saß am Nachmittag beim Bürgerfest zwischen dem Venediger und ihrem Vater. Das hatte der kleine Mann extra gemacht, denn er mochte die Elke.

»Magst du mein Kleid?«, fragte sie ihn.

Er nickte.

Die Elke lachte: »Dann hast du keinen Geschmack.«

Der alte Hacker nickte auch, obwohl er nichts verstanden hatte. Denn auf der anderen Seite des Platzes hatte sich die Egertaler Blaskapelle und Big Band aufgestellt und blies so laut, dass man sich kaum unterhalten konnte.

Der Venediger schielte auf Elkes Knie, die mager waren und von einem altmodischen Blümchenkleid halb bedeckt wurden.

»Ich bin der Venediger«, sagte er.

Sie sah ihn belustigt an und antwortete: »Das weiß ich doch.«

Drüben vor dem Rathaus auf einer gezimmerten Bühne hatten sich die wichtigen Leute versammelt. Der Döbereiner stand hinter dem Rednerpult, schmächtig und blass wie ein Konfirmand. Seine Mutter, die Dynastie-Chefin Wasser und Energie, war auch da und redete heftig auf ihn ein.

»Jetzt bringen sie den Preis!«, rief die Elke aufgeregt. Der Döbereiner beugte sich zu einem Pappkarton, den man ihm hingestellt hatte, und wollte ihn aufschneiden, aber seine Mutter war schneller. Dann hob der Bürgermeister ganz vorsichtig eine kleine, filigrane Skulptur heraus und stellte sie unter eine Glashaube auf einen Sockel.

»So was hab ich früher glasiert«, sagte der Venediger und fügte hinzu: »Das ist fei eine Kunst, Farben schmelzen und glasieren.«

Aber Elke sah schon wieder etwas Neues: »Schau, die Bienenzüchter!«, rief sie und deutete auf einen richtigen alten Ochsenwagen, der zwei riesige Körbe geladen hatte. Den Ochsen hatte man furchtbare, gelb-schwarz gestreifte Kokons aus Pappmaschee übergezogen, und auf dem Kutschbock hockten zwei Frauen mit Bienenhüten und Stöcken. Die Leute vom Bienenzuchtverein Selb und Umgebung e. V. hockten hinten neben den Körben, tranken Bier und mussten achtgeben, dass die aufgestapelten Honiggläser und Metflaschen nicht auf die Straße kullerten.

»Das Leben ist ungerecht«, murmelte der Venediger zur Elke hinüber und trank einen Schluck Zoigl.

»Denk nicht dran«, tröstete ihn die Elke. »Schau, weißes Gold. Dass es so was gibt, ist ein Wunder!«, sagte sie und wies auf die Skulptur, die die Sonne einfing, auf sich schmelzen ließ und den Leuten in die aufgerissenen Augen spritzte.

»Ein Wunder ist es wirklich, das weiße Gold«, erzählte der Venediger. »Weißt du, wer die Formel für das Meißener

Porzellan entdeckt hat? Ein Alchimist, ein junger, verzweifelter Alchimist, den August der Starke gefangen gehalten hat, damit er ihm Gold macht.«

»Was du alles weißt.«

»Ich weiß es, weil ich die Verzweiflung kenne, die er hatte. Die kenne ich. Und die hat sich mir eingebrannt. Komischerweise erst, als ich nicht mehr an den Öfen stand.«

»Trink nicht so viel«, antwortete die Elke.

»Prost«, nickte der Hacker.

Der Friesner kam an ihren Tisch. Er hatte einen Anzug an, der über und über mit Briefmarken vollgeklebt war. Auf seinem weißen Hemd waren verschmierte Poststempel.

»Wohin sollen wir dich schicken, Friesner?«, ging ihn der Venediger an. »In eine bessere Zukunft? Dafür hast du zu wenig Porto aufgeklebt.«

Aber der Friesner ließ sich die gute Laune nicht verderben.

»Habt ihr das Riesenkuvert gesehen? Auf unserem Wagen? Briefmarken- und Münzensammlerverein Selb e. V.«, sagte er stolz. »Da darf ich rein mit der Gösser Alina. Das wird zugeklebt, und wir brechen dann gemeinsam raus, sie und ich auf das Posthornsignal!« Damit tippte er sich an seine Mütze und ließ Elke und den Venediger allein.

»Der Friesner mit der Alina?«, wunderte sich Elke.

Der Venediger tat so, als würde er ein Kuvert in der Luft zerreißen und gab trocken zurück: »Er war schon immer ein Aufreißer.« Aber Elke lachte nicht.

»Der Fotoclub Selb!«, rief sie stattdessen. Ein Traktor fuhr vorbei, auf der Ladefläche des Anhängers war eine kleine Szene aufgebaut. Ein Fotograf bückte sich hinter einer Lochkamera unter ein schwarzes Tuch. Davor stellten die anderen Mitglieder des Clubs Familienfotos mit Kostümen aus dem Theaterfundus nach. Mike, der Sohn vom Pössel, der in seinem Anzug ungewohnt schick aussah, hockte zusammengesunken auf dem Wagen und brannte ab und zu lustlos einen Magnesiumblitz ab, der trocken zischend verpuffte.

Elke staunte und freute sich – einfach weil sie sich freuen wollte. Aber als sie sich zu dem kleinen Mann neben ihr wandte, sah sie, wie traurig er war.

»Deine Augen sind auch wie Porzellan«, sagte sie. »Weiß und schön und sicher wertvoll, aber auch kalt. Es blitzt nichts darin.«

Er wandte sich ihr zu und nun glitzerte doch etwas in seinen Augen. Er sah sie belustigt an, und der Schalk saß in seinem Nacken.

»Warte nur ab«, sagte er, »warte nur ab.« Aber Elke fragte nicht nach, worauf sie warten sollte, für sie gab es gerade nur den Festzug. Jetzt kam ein Wagen nach dem anderen, und es wurde noch mehr Musik gespielt. Der Wagen der Angelfreunde Blumenthal e. V. hatte Eiskästen mit Fischen geladen, und die Männer in ihren Gummihosen – unter ihnen der Gebhardt vom Stammtisch – schleuderten kunstvoll ihre Ruten und warfen Angelschnüre in weitem Bogen ins Publikum, daran waren Lose befestigt. Elke griff sich eins.

»Eine Niete!« Sie war enttäuscht.

»Das bin ich!«, rief der Venediger lachend und legte seine raue Hand auf ihre. »Du hast mich gewonnen.«

»Der Wagen vom Feuerbestattungsverein«, rief Elke und zog ihre Hand weg. Der alte Grässel lag weiß geschminkt in einem offenen Sarg und stellte sich tot, um ihn herum standen breitbeinig die Vereinsburschen in ihren Uniformen und jonglierten mit Urnen oder spuckten kunstvoll Feuer. Auf der Straße tanzten die Mädchen vom Garde- und

Schautanzverein heran, die Pailletten und grellen Farben ihrer Trikots glänzten in der Nachmittagssonne. Dahinter marschierte die Kapelle der Freiwilligen Feuerwehr.

»Schau, da läuft der Bub vom Bauernfeind«, stieß der alte Hacker die Elke an und zwinkerte ihr zu.

»Lass mich!«, sagte sie, wurde rot und schaute zwischen ihre Füße. Der Venediger packte mit beiden Händen seinen Bierkrug.

»Fesch sieht er aus in seiner Uniform, find'st ned?«, stichelte der Hacker weiter.

Elke zischte ihn an: »Hör auf jetzt, der schaut mich nicht an!«

Der Venediger stierte in sein Bier.

»Und eine Lehrstelle hat er jetzt auch gefunden, eine gute. Im Werkzeugbau.«

Da sprang der Venediger auf und sagte lauter, als er gewollt hatte: »Ich geh jetzt ein bisschen rum. Mir langt's.«

Er wandte sich ab, aber Elke sprang ihm nach und rief: »Warte auf mich, ich will auch rumgehen.«

So gingen sie schweigend durch das Fest, und alle waren laut und fröhlich, nur zwischen ihnen fühlte es sich seltsam an.

»Unsereiner kann halt nichts machen gegen das Schicksal und wie es eben ist«, sagte die Elke schließlich leise zum Venediger. Er wusste nicht, ob sie ihn nur trösten wollte, oder ob sie es gesagt hatte, weil sie ihn mochte. Aber was sollte man an ihm mögen?, fragte er sich.

»Weißt du, warum ich der Venediger heiß?«, wollte er wissen. Sie schüttelte den Kopf.

»Weil ich Farben geschmolzen habe aus Metall. Venediger hat man früher die fahrenden Bergleute genannt, die von weit her kamen, um hier Kobalt, Wismut, Kaolin und alle möglichen Mineralien und Erze zu sammeln. Die waren oft klein, die Venediger, so wie ich, weil sie in die Stollen mussten. Die Leute hielten sie für Goldsucher oder für Zauberer, weil sie so weite Reisen machten, um unscheinbare Kiesel und Sand nach Hause zu tragen. Man dachte, sie könnten Gold daraus schaffen, aber in Wirklichkeit machten sie Farben und Glasuren oder suchten Quarze für das unendlich wertvolle Porzellan.«

Elke lächelte und sah ihn an.

»Das ist schön«, sagte sie und hörte nicht auf, ihn anzusehen. Da wurde dem Venediger heiß und er wusste nicht, was er machen sollte, komisch war es ihm, wie sie so auf ihn herabsah. Da lachte er derb auf und klopfte sich mit dem Zeigefinger mitten auf das rechte Auge. Die Elke schrie erschrocken. Aber er lachte noch wilder.

»Wusstest du das nicht? Es ist aus Porzellan. An den Öfen hab ich es verloren.«

»Du bist komisch«, sagte die Elke und wandte sich ab.

Ehe der Venediger etwas sagen konnte, stand auf einmal der Feuerwehrtrompeter vor der Elke. Er grinste breit und war rot und nuschelte: »Dein Vater sagt, du willst mit mir tanzen später? Ist das wahr?«

Elke sagte nichts, den Venediger schienen beide vergessen zu haben. Klein war er, man sah ihn nicht mehr, er fühlte sich, als sei er gegen seinen Willen unsichtbar geworden. Er drehte sich um und ging weg.

Jetzt reicht's, dachte er, und: Es ist eh schon alles verloren. Er sah hinüber zur Tribüne, wo die wichtigen Leute standen. Lächerlich und dumm schienen sie ihm und schön das Porzellan zwischen ihnen auf dem Sockel. Scheiß auf das Schicksal, dachte sich da der Venediger, und scheiß auf die Elke. Man muss selber etwas machen, dachte er.

»An der Tribüne. Wenn das Glockenspiel anfängt«, flüsterte der kleine Mann zum Pössel Mike, der untätig bei seinen Blitzen auf dem Wagen vom Fotoclub saß. Der Junge nickte grinsend und antwortete: »Alles klar. Ich gieß Wasser drauf, wenn es brennt, das ist der Wahnsinn dann.«

Auch der weiß geschminkte Grässel, der kurz in seinem Sarg eingeschlafen war, willigte ein und rieb sich vergnügt die dürren Hände.

Grimmig ging der Venediger dann noch zum Gebhardt. Auf den musste lange eingeredet werden, und er stimmte erst zu, als er von dem Freibier hörte.

Dem Feuerwehrkapellmeister gab der Venediger schweren Herzens seine letzten zwanzig Euro, damit die zu spielen anfingen, wenn es läutete.

Dann hockte er sich wieder an seinen Platz und wartete. Gut gelaunt war er nicht. Er dachte an den Streit vorhin mit dem Döbereiner und dass der gesagt hatte: »Selber schuld bist du an deinem Elend, Venediger, schieb das nicht der Stadt oder sonst wem in die Schuhe, wenn du nicht auf die Füße kommst.«

Die Elke kam und drängte sich, ohne etwas zu sagen, auf ihren Platz zwischen ihm und ihrem Vater.

Nach einer Weile sagte sie, ohne ihn anzusehen: »Hast mich stehen lassen vorhin.«

»Wirst schon sehen«, knurrte er nur.

»Bildest dir mächtig was ein auf dein Elend, tust dir ganz schön leid, weil dich niemand anstellen will, stimmt's?«

»Lass mich«, giftete er.

Nach einer Weile erst antwortete sie: »Und wenn ich dich nicht lassen will?«

Der kleine Mann sah sie an und runzelte die Stirn. Immer noch sah er böse und traurig aus. Aber in seinem Auge ging etwas auf, ein kleines Fenster. »Dann kommst mit mir, nachher, wenn die Glocke schlägt?«, fragte er.

Die Elke nickte, auch wenn sie nicht wusste, was dann sein sollte.

»Musst du dann heim?«, fragte sie vorsichtig.

»Nein, nach Venedig«, scherzte er. »Gehst mit?«

Dann sagten sie eine Zeit lang nichts mehr und tranken ihr Bier in schüchternen Schlucken.

Kurz vor dem Glockenspiel erhob sich der kleine Mann energisch und lief mit festen Schritten zum Podest.

»Bürgermeister!«, rief er den Döbereiner an.

Der drehte sich zu ihm um. Er schien den Streit im *Egertaler Keller* schon vergessen zu haben, nervös sah er aus und mit den Gedanken weit weg, wahrscheinlich weil die Investoren vom Outlet-Center da waren und alles glattgehen sollte. Fahrig fragte er: »Was willst, Venediger?«

»Schwamm drüber, wollt ich sagen.« Er streckte dem Döbereiner die Hand entgegen. Der ergriff sie automatisch, aber sein Blick war schon wieder bei den Leuten in den teuren Anzügen, die ein wenig abseits standen und Gespräche führten. »Aber einen Tipp wollte ich dir noch geben«, sagte der kleine Mann nun vertraulich.

Der Döbereiner sah ihn fragend an.

»Deine Anna, die ist mit dem Friesner in ein großes Kuvert zusammengeklebt, das auf dem Postwagen steht. Da solltest du mal nachschauen, was die machen, das ist nur ein freundschaftlicher Tipp, weil so was geht gar nicht, finde ich, auch wenn der Friesner mein Freund ist.«

Erschreckt ging dem Döbereiner der Mund auf.

»Danke«, stammelte er und sprang vom Podest, die Ellbogen flogen hin und her, als er sich durch die Menge drängte.

»Wo geht er denn hin?«, schrie es schrill hinter dem Venediger. Die Wasser-und-Energie-Mutter sah ihrem Sohn entsetzt nach. »Die Investoren!«, keifte sie.

Dass er nur nach den Fässern schauen wolle, beruhigte sie der Venediger, nach den Fässern für das Freibier, das eine Überraschung sein solle, sagte er ihr, und richtete ihr vom Döbereiner aus, sie solle ja nicht vergessen, das Freibier jetzt gleich um Schlag drei anzusagen.

»Ach ja, das Freibier«, sagte sie verwirrt und fasste sich an die Frisur, die ein einziger Klumpen war aus falschen Teilen und Lack.

Und dann schlug die Glocke. Vom Rathaus tönte es silberhell und in Stereo: *Freude, schöner Götterfunken.* Alles war einen Moment still, als die erhebende Melodie erklang, und auch die Investoren sahen bewundernd zum Rathaus hoch und machten *Ah* und *Oh.* Dann brach das Chaos los.

»Eine Runde Fastendoppelbock Meinel Absolvinator für jeden«, kreischte die Hexenstimme der alten Döbereiner durch das übersteuerte Mikrofon. Daraufhin stürmten die Leute in alle Richtungen. Ihr gieriges Schreien und Drängeln übertönte fast die Feuerwehrkapelle, die zeitgleich mit der Big Band zu spielen begonnen hatte. Von zwei Seiten blies und schepperte es. Das Blech kreischte, weil eine Kapelle die andere übertönen wollte, die Pauken schlugen, und die Trommeln dröhnten. Auf einem der Wagen war ein Tumult entstanden, weil ein schmächtiger Mann im Anzug das riesige Kuvert aufreißen wollte, ehe das Postsignal erklungen war. Im Kuvert bewegte es sich, und das Papier bekam dabei Beulen und Dellen und Risse. Der Bürgermeister schrie, die Leute vom Verein drängten den wütenden Störenfried immer wieder zurück und brauchten dazu alle Mann.

Die Energie-Hexe versuchte, die Leute zu beruhigen, indem sie ins Mikrofon redete, aber niemand hörte auf sie. Hinter ihr schritt eine hagere, schwarze Gestalt mit wächsernem Gesicht und schlafwandlerisch ausgestreckten Armen übers Podest und mitten hinein in die beunruhigte Gruppe der Investoren, das war der scheintote Grässel. Entsetzt fasste sich die Hexe an den Kopf, als plötzlich ihre ganze Perücke in die Luft gehoben wurde und davonflog. Die Leute, die das sahen, brachen in Gelächter aus, und der Gebhardt schwang seinen Fang an der Angel über die Köpfe der Menge. Die kahle Energie-Hexe immer hinterher. Die Leute machten ihr Platz und freuten sich, wie sie wilde Sprünge vollführte und in die Luft grapschte und schrie. Das Podest war leer. In diesem Moment hörte man ein lautes, fauchendes Zischen, und ein gewaltiger Blitz leuchtete sekundenlang auf. Die Leute mussten sich die Hände vor die Augen halten, so hell war das, und als sie sie wieder öffneten, sahen sie lange nur schwarze Flecken in ihrem Blickfeld tanzen.

Während des Lichtes aber waren zwei Gestalten auf das Podest gehuscht. Und nun liefen sie kichernd und Hand in Hand mit ihrer Beute über das glatte, schimmernde Pflaster die Porzellangasse hinunter.

»Hier«, rief Elke und zog den heftig keuchenden Venediger zu einem Auto. »Hier!«

Sie stiegen schnell ein und fuhren stadtauswärts davon.

»Gut, dass du so nah geparkt hast, Elke«, lachte der Venediger, immer noch atemlos.

»Behindertenparkplatz«, antwortete sie knapp. »Der Papa muss heut allein heimrollen.«

Das Auto hatten sie auf einem Wanderparkplatz abgestellt. Am Anfang waren sie noch rasch gegangen, als würden sie verfolgt. Dann aber beruhigten sie sich. Wer sollte sie hier finden? Wer sollte sie überhaupt suchen?

Der Venediger trug die Skulptur im Rucksack. Der Wind fuhr der Elke immer wieder unter das Kleid. Für so eine Tour war sie zu leicht angezogen.

Sie wanderten am Waldrand entlang, immer neben dem Bach. Ein paar Stunden würde es dauern, dann kämen sie nach Schirnding und würden wie zwei normale Ausflügler die Grenze überschreiten. Er kenne da drüben wen, sagte der Venediger.

»Da kann sie eine Weile bleiben«, erklärte er und patschte auf seinen Rucksack. »Oder wir machen sie zu Geld.«

»Du gibst sie nicht zurück?«, rief die Elke erstaunt.

»Nein«, antwortete der Venediger. »Ich behalte sie. Als Abfindung. Es ist nicht ganz richtig, aber gerecht finde ich es doch.«

Elke schwieg, sie liefen. Die Schuhe drückten. Wenn sie stehen blieben, war es ihr sehr kalt.

»Denkst du jetzt schlecht von mir?«, fragte er nach einer Weile.

Sie überlegte. Dann lachte sie auf. »Wie der Bürgermeister von dem Postwagen gefallen ist!«

Er stimmte in ihr Lachen mit ein.

»Und wie er geguckt haben muss, als er im Kuvert nicht seine Anna, sondern die Alina gefunden hat.«

»Tja«, scherzte Elke, »wer gegen das Briefgeheimnis verstößt – es war einfach ein vertraulicher Inhalt.«

Wieder lachten sie.

»Venediger!«, erscholl da plötzlich ein Ruf hinter ihnen. »Bleib stehen!«

Beide erschraken. Als sie sich umsahen, erblickten sie die Gestalt des Bürgermeisters zwischen den Stämmen.

»Hat er uns gesehen?«, flüsterte Elke.

Der Venediger wusste, dass er sich nicht erwischen lassen durfte mit der Skulptur im Rucksack. Er nahm die Elke bei der Hand und zerrte sie den Abhang hinauf mitten durchs Unterholz. »Still!«, fuhr er ihr über den Mund, als sie etwas sagen wollte. Sie liefen. Döbereiner verfolgte sie. Er sei nicht allein. Er habe Leute dabei, die Polizei suche sie, schrie er wütend und keuchend immer dicht hinter ihnen.

»Da ist wer!«, rief Elke mit erstickter Stimme, eben als sie auf einen Weg treten wollten. Vor ihnen hörten sie Stimmen. Der kleine Mann erstarrte einen Moment. Jetzt müsste man unsichtbar sein, dachte er bitter. Von vorne näherte sich aufgeregtes Bellen. Hinter ihnen knackte es, und der Döbereiner schrie schon: »So!« und streckte die Hand aus. Elke sah sich ängstlich nach einem Versteck um, aber da war nichts. Da schoss der Hund auf einmal direkt auf sie zu. Die Elke ging in die Knie, und der Venediger fiel vor Schreck einfach hin. Aber der Hund wollte gar nichts von ihnen. Er rannte an ihnen vorbei und brach bellend ins Gehölz. Gleich darauf hörten sie den Döbereiner um Hilfe rufen und die Hundebesitzer schreien.

»Hier lang!«, rief Elke. Sie hasteten über den Weg und weiter nach oben. Immer weiter, bis sie nicht mehr konnten und sich ausruhen mussten.

»Wo sind wir?«, fragte sie, aber das wusste der Venediger nicht mehr. Sie stiegen einfach immer weiter nach oben.

Die Bäume standen hier vereinzelter. Der Himmel war silbrig blau, und es war still geworden. Kein Wind ging mehr, und die Luft war so klar, als wären sie viel weiter oben, irgendwo in den Alpen und nicht bloß im Fichtelgebirge.

»Ich könnte einfach nur dastehen und atmen!«, rief Elke und breitete die Arme aus. Sie schloss die Augen und drehte sich ausgelassen wie ein kleines Mädchen. Als sie die Augen wieder öffnete, war der Venediger verschwunden.

Der Waldboden war mit feinen Nadeln bedeckt, es duftete nach Fichten. Ein Raubvogel schrie hell. Elke dachte an Venedig. An die See, an Brücken, an Kirchen. Sie dachte daran, dass sie gehört hatte, dass man als Frau nur mit langem Kleid hineingelassen wurde. Und man musste ein Tuch über den Schultern tragen. Sie sah an sich herab. Mein Kleid ist hässlich, dachte sie.

Auf einmal stand der Venediger wieder da. Er stand in einer dunklen Öffnung, die ihr vorher gar nicht aufgefallen war. Ein Stollen musste das sein oder eine Höhle.

»Hast du dich unsichtbar gemacht?«, fragte sie, und er zwinkerte ihr zu.

»Hier soll sie eine Weile liegen«, sagte er leise. »Bis sie zu Gold geworden ist.«

Elke trat auf ihn zu. Irgendwo in der Ferne hörten sie so etwas wie ein schwaches Rufen, aber sie achteten nicht darauf.

»Fängst du mit dem Geld ein neues Leben an?«, fragte sie.

»Nein, ich fange mit dir ein neues Leben an«, sagte er.

Sie klopfte mit ihrem Finger vorsichtig und neugierig gegen sein falsches Auge. Dann beugte sie sich zu ihm hinunter und küsste ihn.

Horst Prosch

Conni kommt später

Sie haben mir Me... Me...

Ich bringe das Wort nicht zusammen.

Sie haben mir Me... gegeben.

In einem kleinen, durchsichtigen Plastikbecher trägt sie die Schwester herein. Ich nenne sie Schwester, weil sie täglich einen anderen Namen hat. Priscilla oder Jeanette oder Ludmilla oder Karin. »Schwester« kann ich mir merken.

Sie stellen den Plastikbecher auf den Tisch, drücken mir einen weiteren Becher mit Wasser in die Hand und warten, bis ich die Me... die Me... Me... hinuntergeschluckt habe. Dann kontrollieren sie meinen Mund, sehen unter der Zunge nach und in den Backentaschen. Erst danach sind sie zufrieden, ziehen sich lächelnd zurück und schließen die Türe hinter sich. Ein Schlüssel dreht sich im Schloss.

Ich brauche Ruhe, haben sie gesagt. Ein Arzt in seinem weißen Kittel bestätigt es ständig und überwacht meine Einsamkeit.

Ruhe.

Ruhe.

Ruhe.

Kein Ereignis der Außenwelt soll mein Erinnern unterbrechen. Nicht einmal Musik ist mir gestattet. Zettel und Stift liegen auf dem Tisch. Ich möge mit meinem Namen beginnen, hat der weiße Kittel gesagt. Ein paar Buchstaben müssten mir auch in meinem Zustand möglich sein. Das sei ein guter Anfang.

Was ist ein Buchstabe?

Wie lautet mein Name?

Wurde ich geboren?

Um mich herum sind weiße Wände. Nur der Fußboden hat ein paar andere Farben. Es sieht aus, als habe ein Maler seine Pinsel ausgeschüttelt und dabei unterschiedliche Kleckse hinterlassen. Rot. Grau. Schwarz. Der Rest ist weiß.

Mich macht der Fußboden nervös. Die Farben verschwimmen vor meinen Augen, ich muss mich auf die Pritsche legen. Mein Bett. Mit Kopfkissen und einer dünnen Matratze und einer dunkelgrauen Decke. Dann schließe ich die Augen und warte darauf, dass sich die Farben in meinem Zimmer verändern, vielleicht ist dann mein Kopf bereit, sich an etwas zu erinnern.

»Sie dürfen sie nicht überanstrengen«, sagt eine männliche Stimme. Es folgt eine Krankheitsbeschreibung, von der ich nur das Wort »traumatisch« verstehe.

Habe ich geschlafen? Wie lange? Ist die Zimmerdecke noch immer weiß? Oder hat sie das Muster des Fußbodens angenommen? Ich bleibe dort, wo ich bin, auf der Pritsche, die Hände über dem Bauch gefaltet, als würde ich beten.

»Mein Name ist Brendle«, sagt ein Kopf, der sich von links nähert. »Ich bin Kriminalkommissar aus Ansbach. Ich werde Ihnen nun ein paar Fragen stellen.«

»Keine Fragen!« Jemand erhebt Einspruch. »Erzählen Sie etwas, das ihr beim Erinnern hilft. Fragen wird sie nicht beantworten können. Wenn Sie Glück haben, schreibt sie etwas auf einen Zettel.«

Ich bleibe, wo ich bin. Ich schlafe nicht. Ich starre mit zusammengekniffenen Augen zur Decke. Nur wenn mir jemand versichert, dass die Decke nicht mehr weiß ist, werde ich die Augen weiter öffnen.

»Frau Doll«, sagt die männliche Stimme, die dem Kommissar gehört.

Es folgt Widerspruch. Er könne mich auf keinen Fall mit meinem Namen ansprechen. Ich müsse mich selbst an mein *Ich* erinnern. Und wenn der Kommissar sich nicht daran halten würde, dann müsse die Vernehmung sofort abgebrochen werden. Die Tür wird geöffnet, ich höre das leise Quietschen, dann schließt sich die Tür, aber nicht ganz. Stimmen. Flüstern auf dem Flur, Schritte.

Mein rechtes Auge blinzelt zur Decke. Noch immer weiß. Wie Nebel. Wie Dampf. Wie Licht aus einer großen Lampe. Wie ...

»Sie müssen Ihre Me... noch nehmen.«

Das Wort für die kleinen, bunten Dinger will nicht in meinen Kopf. Zwei Buchstaben. Den Rest verschluckt der weiße Nebel. Ich greife mit geschlossenen Augen in einen Becher, klaube zwei Perlen heraus, schlucke, öffne den Mund zur Kontrolle, das geschieht inzwischen automatisch. Dann wird der weiße Nebel noch weißer, und die männliche Stimme dringt wie ein fernes Echo zu mir.

Ich heiße also Sabine Doll und wohne in Gunzenhausen, in der Nähe des Marktplatzes. Ich warte darauf, dass die Straße erwähnt wird, doch ich warte vergeblich. Herr Brendle sagt nichts von einer Straße. Er erwähnt ein großes, gelbes Haus mit einem spitzen Giebel und einem kleinen Dachfenster, das bei mir im Badezimmer sein soll. Vom Badezimmer aus kann ich den Altmühlsee sehen.

»Sagt Ihnen das etwas, der Altmühlsee?«

Mein Kopf sagt nichts. Da ist nur weißer Nebel, und durch diesen Nebel kann ich keinen Altmühlsee sehen. Kein Wasser und keine Segel, die mit kleinen, schwarzen Männern auf winzigen Brettern über das Wasser fliegen.

Herr Brendle erzählt noch andere Dinge. Dass ich einen

Balkon habe und viele Pflanzen, und ich würde gerne Rad fahren und Ausflüge machen.

»Brombachsee.«

Das ist sein letztes Wort. Dann verlässt er das Zimmer, die Tür quietscht wieder, ein Schlüssel dreht sich im Schloss, klappert nach. Stille.

Brombachsee. Das Wort liegt auf dem Fußboden wie ein ...

Mir fällt das Wort nicht ein. Es muss an den Me... liegen. An den Me... den Me... den Me...

Ich kann nicht aufhören, an den Brombachsee zu denken. Er erhebt sich vom Boden, schwebt sanft über dem Tisch, steigt immer höher und legt sich auf meinen Bauch, den Brustkorb, die Atmung.

Ich glaube, keine Luft mehr zu bekommen, und setze mich auf, will den Brombachsee von meinem Körper stoßen, weil er mich einengt und bedrängt und drückt und erstickt.

Mein Kopf besteht aus Nebel, und hinter diesem Nebel verbergen sich all die Worte, die ich nicht finden kann; dort liegt die Straße, in der ich wohne, und auch mein Fahrrad steht dort, an einem Baum festgebunden mit einer Kette, aber ich weiß nicht mehr, wo. Und weil es mir nicht einfällt und ich den Nebel vertreiben will, schlage ich mit meinem Kopf an die weiße Wand; erst langsam und vorsichtig, dann fester, immer fester mit dem Kopf gegen die Wand ... mit dem Kopf gegen die Wand ... mit dem Kopf gegen die Wand ...

Schöne rote Farbe.

Ich spüre nichts. Keinen Schmerz. Keine Wunde.

Nur diese schöne rote Farbe läuft an der weißen Wand herunter, verschmiert und wird zu einem wie mit einem breiten Pinsel gezogenen Strich, und wenn Conni jetzt hier wäre ...

Conni?

Für einen Moment lichtet sich der Nebel, und ein Schiff gleitet über den Brombachsee. Ein weißes Schiff mit drei Stockwerken und drei Rümpfen, es ist Nacht, weiße Lichter leuchten am Ufer auf, dazwischen rote Lichter und blaue Lichter, sie blinken und wechseln sich ab. Ich halte inne und bin ganz still, ich weiß nicht, wie lange. Draußen wird es dunkel, ein Lichtschein fällt schräg durch das vergitterte Fenster, ich stehe auf und setze mich an den Tisch.

Dort liegen ein Zettel und ein Stift. Das Weiß des Zimmers und die Farbe des Fußbodens sind nun erträglich.

Meine Finger tasten nach dem Stift und schreiben *Conni*. In großen, breiten Buchstaben, die über das ganze Blatt reichen, es ausfüllen. Ich bin stolz darauf, sehr stolz. Ich bin so stolz, dass ich plötzlich sehr müde bin, weil ich etwas geschafft habe, und so krieche ich zurück auf die Pritsche, ziehe die Decke bis zum Kinn hoch und denke über mich nach. Ich bin Sabine Doll. Aber wer ist *Conni?*

Ich muss geschlafen haben. Die Wände sind wieder weiß, ein paar Leute stehen im Raum, Leute in weißen Kitteln und dieser Herr Brendle. Sie versuchen, leise zu sprechen, aber ich höre trotzdem alles.

Wo das Blut herkommt, wollen sie wissen, und ob ich mir etwas angetan habe, und dann untersuchen sie mich und finden eine Wunde an meiner Stirn. Sie tupfen und tasten an mir herum, wickeln einen Verband um meinen Kopf, wischen über den Boden und die Wand, die schönen roten Flecken verschwinden.

Herr Brendle besteht darauf, mir weitere Fragen zu stellen, er sagt, es müsse sein, und so setzt er sich an meinen Tisch, auf dem der Zettel mit *Conni* liegt. Ich werde von der Pritsche heruntergebeten, zu ihm an den Tisch geführt, und dann sitzen wir da, und weil alles so weiß ist und ich Angst habe, schlage ich meine Hände vors Gesicht und beginne im Sitzen mit dem Körper vor und zurück zu wippen. Vor und zurück. Vor und zurück. Es fühlt sich an, als sei ich auf einem schwankenden Schiff.

»Frau Doll«, sagt Herr Brendle. »Wer ist *Conni?*«

Ich wippe. Vor und zurück. Vor und zurück.

Eine Hand legt sich auf meinen Rücken. Sie liegt einfach da und ist groß und warm und gibt mir Sicherheit. Vor und zurück, vor und zurück.

»Wer ist *Conni*?«

Die Frage hallt in mir nach. Ich wippe weiter. Vor und zurück. Vor und zurück. Die Hand auf meinem Rücken ist wie ein kleiner, warmer Ofen. Sie fühlt sich gut an.

Ich denke mir, mal sehen, was noch kommt. Vielleicht erfahre ich etwas über *Conni*. Langsam beginnt sie mich zu interessieren. Oder ist *Conni* ein Mann?

Eine Schwester bringt den Becher mit den Me... den Me... herein. Ich klaube drei kleine Kugeln aus dem Becher und trinke einen Schluck Wasser, öffne den Mund zur Kontrolle und überlege, ob ich es schaffen kann, sie nicht zu schlucken, sondern irgendwo in meinem Mund zu verstecken. Vielleicht hinter der Oberlippe, dort, wo die Schneidezähne ein kleines Loch haben, weil mir mein Zahnarzt vor vielen Jahren eine Brücke eingesetzt hat. Ich hatte einen Unfall mit dem Rad, dabei habe ich zwei Zähne verloren.

Brendle erzählt. Er erwähnt einen See und ein Schiff und den Nebel und die Nacht und eine Party und zwei Menschen, die etwas gesehen haben wollen, sich dann aber nicht mehr sicher waren und meinten, es könnten auch Schatten gewesen sein, Schatten von Stühlen und Stützpfeilern und einem Heizpilz, der dort gestanden habe, schließlich sei es dunkel gewesen, und dann nimmt Brendle die Hand von meinem Rücken, und ich bin plötzlich so müde. Die Me... das sind die Me...

Alles fühlt sich pelzig an, wie in Watte gepackt.

Ich muss ein Stück Brot essen und Tee trinken und alles hinunterschlucken, mich hinlegen auf die Pritsche, und dann binden sie meine Arme an der Pritsche fest, auch die Füße, damit ich mich nicht wieder aufsetzen kann, um mit meinem Kopf gegen die Wand zu schlagen. Die Tür fällt zu, ganz langsam, ganz schnell, beides zugleich. Und Brendle ist fort.

Conni ... ConniConni ... ConniConniConniConni ...

Ich weiß, dass ich schwimmen kann. Und so springe ich ins Wasser und schwimme durch den See, irgendwohin. Ich muss *Conni* retten, muss *Conni* retten, retten, retten. Das träume ich, und meine Arme träumen es auch. Ich bewege meine Arme unter den Fixierungen, komme kaum voran, weil ich nur sehr kleine Bewegungen machen kann. Die Nacht kriecht langsam herein, geht dann wieder, und es folgt der Tag mit den Schwestern. Ich bin wach und schlafe zugleich. Setze mich im Schlaf an den Tisch, gehe ein paar Schritte durch den Raum, gestützt von zwei Schwestern, stehe vor meinem Stuhl und nehme den Plastikbecher mit den Me... den Me...

Die erste Kugel schlucke ich brav, die zweite verstecke ich hinter der Oberlippe, die dritte passt gerade noch dazu. Ich trinke nach, verschlucke mich beinahe, halte die Hand vor den Mund, um nicht zu husten, mache den Mund auf, weil die Schwester kontrollieren will, und sie ist zufrieden. Sie will auch meine Hand sehen, die ich vor den Mund gehalten habe, alles ist gut.

Ich darf eine halbe Stunde im Zimmer auf und ab gehen. Sie öffnen das Fenster, damit Luft hereinkommt, mein Kreislauf müsse wieder in Schwung gebracht werden. Die Schwestern sagen, sie würden mich einen Moment allein lassen, und verschwinden durch die Tür, die offen stehen bleibt. So laufe ich durch das Zimmer, auf und ab, auf und ab, wie ein gefangenes Tier, und als ich wieder vor dem vergitterten Fenster stehe und der Tür den Rücken zuwende, krame ich die beiden kleinen Kugeln unter der Oberlippe hervor und schnippe sie mit den Fingern durch das Fenster hinaus in die Freiheit.

Die Luft tut gut. Mein Kopf wird klarer. Vielleicht liegt es auch an den Me... den Me..., die ich nicht geschluckt habe. Das Weiß des Zimmers ist nicht mehr so blendend, und der Boden ist nicht mehr so schrecklich graurotschwarz gesprenkelt, der Himmel dort draußen ist schön, und die Vögel singen.

Conni.

Ich halte mir die Hand vor den Mund in jähem Erschrecken.

Ich kann sprechen. Ich kann *Conni* sagen und nicht nur denken.

Aber das weiß nur ich, die anderen wissen es nicht.

Vielleicht habe ich es nur geträumt.

Ganz leise, damit nur ich es verstehen kann, sage ich *Conni.*

In mir entsteht der Wunsch zu schreien. Dass das Zimmer so schrecklich weiß ist und der Boden so schrecklich gesprenkelt und dass ich die Me... die Me... nicht mehr nehmen will, weil sie mich am Denken und Erinnern hindern.

Kein Ton kommt über meine Lippen. Vielleicht ist es nicht gut, wenn ich mich erinnere. Vielleicht bin ich krank, und meine Seele hat Schaden genommen.

Conni.

Tage und Nächte vergehen. Vierteltage und Viertelnächte. Manchmal auch Fünfteltage und Sechstelnächte. Es gibt keine Uhr bei mir, und so kann ich die Zeit nur durch die Besuche einschätzen. Immer wieder treten die Schwestern ins Zimmer, immer wieder lasse ich die Me... die Me... in meinem Mund verschwinden; die Schwestern schauen nach und sind zufrieden. Ich bin brav. Wenn die weißen Kittel fort sind und ich eine Weile gewartet habe, nehme ich die kleinen Kugeln aus meinem Mund und schnippe sie durchs Fenster hinaus in die Freiheit. Draußen regnet es. Und so stelle ich mir vor, wie sie sich im Regen auflösen und sich ihre Wirkung in den Pflanzen entfaltet.

An einem dieser Tage steht Brendle im Zimmer. Ich sehe seine Wanderschuhe auf dem graurotschwarz gesprenkelten Fußboden, und zum ersten Mal fällt mir auf, dass er tatsächlich knöchelhohe Wanderschuhe trägt. Im Sommer.

Der Kommissar mit der angenehmen Stimme hat ein weißes Schiff dabei; er setzt sich und stellt das Schiff auf den Tisch. Es ist ungefähr einen halben Meter lang, und es erinnert mich an etwas. Drei weiße Rümpfe. Drei Etagen. Das obere Deck ist offen.

Ein Arzt mit weißem Kittel nimmt sich einen Stuhl und setzt sich verkehrt herum darauf. Er schaut den Kommissar an und nickt.

Ich soll mich setzen. Also setze ich mich auf die äußerste Kante eines Stuhls, falte die Hände im Schoß und warte.

Brendle zieht ein blaues Tuch aus der Jacke und breitet es unter dem weißen Schiff aus, dann legt er eine kleine Figur dazu, wie sie Kinder zum Spielen benutzen; die Figur hat bewegliche Arme, der Kopf lässt sich drehen, der Rumpf nicht.

»Das sind Sie, Frau Doll«, sagt Herr Brendle und zeigt auf die Figur. Ich nicke. Ja, ich habe verstanden. Ich muss mich anstrengen, damit ich nichts sage, und presse meine Lippen aufeinander. *Conni. ConniConniConni.* Das Wort in meinem Mund will heraus, aber ich bin stärker und halte es zurück.

Der Kommissar stellt die Figur auf das oberste Deck des weißen Schiffs. Dann legt er das blaue Tuch unter dem Schiff in kleine Falten. »Wellen«, sagt der Kommissar. »Und Wasser. Es ist Nacht.«

Erneut nicke ich.

Die Spielfigur steht einsam auf dem Schiff. Es ist eine Frau mit blonden Haaren und einem grünen Kleid und weißen Schuhen. Ich hatte noch niemals ein grünes Kleid, und ich bin auch nicht blond. Der Kommissar hat keine Ahnung. Trotzdem drückt er mir die Figur in die Hand und führt meinen Arm mit der Figur zurück zum Schiff. »Stellen Sie sich vor, Sie sind die Frau auf dem Schiff«, sagt er.

Ich will nicht. Die Figur gleitet aus meinen Fingern und fällt auf das blaue Tuch, also ins Wasser.

Brendle freut sich. Er lächelt. Schaut zum Herrn im weißen Kittel, der noch immer verkehrt herum auf seinem Stuhl sitzt, und der weiße Kittel nickt zurück. »Machen Sie weiter.«

Brendle macht weiter. Er sagt, es sei nachts gewesen. Auf dem Schiff habe eine Party stattgefunden. Ü30. Diese Partys für etwas ältere Semester. Es habe heftig geregnet, und deshalb hätten sich fast alle Gäste im Schiff aufgehalten, nicht draußen auf dem freien Oberdeck. Die Musik sei laut gewesen, und das Schiff sei langsam über den Brombachsee gefahren. Manchmal habe der Kapitän den Katamaran in einem Kreis oder in Schlangenlinien über den See gesteuert, weil ihm langweilig gewesen sei. Vielleicht wollte er auch den Rhythmus der Musik untermalen.

Der Kommissar nimmt die Frau im grünen Kleid aus dem Wasser und stellt sie auf das oberste Deck des Schiffes. »Sie waren hier oben«, sagt der Kommissar. »Der Kapitän hat Sie dort gesehen. Und dann …«

Plötzlich beginne ich zu zittern. Meine Hände zittern in meinem Schoß. Ich presse die Oberschenkel zusammen, klemme die Hände dazwischen, es nützt nichts. Das sind die Nachwirkungen, denke ich.

Ich reiße beide Hände nach oben, weil ich mich nicht mehr beherrschen kann, weil ich etwas tun muss, um meinem Mund das Sprechen zu verbieten, greife nach dem blauen Tuch, hinein in die Wellen und in die Nacht, und ziehe es mit einem Ruck unter dem weißen Schiff weg. Brendle fängt das Boot auf, bevor es zu Boden fällt. Die blonde Frau mit dem grünen Kleid fliegt durch die Gegend, der weiße Kittel steht auf, sein Stuhl kippt um, dann ist er bei mir und hält mich fest.

»SCHWESTER!«

Priscilla und Ludmilla und Jeanette und Karin. Ich werde umringt und niedergerungen, auf die Pritsche gelegt und fixiert.

Der weiße Kittel hält meine Hand. »Ruhig, Frau Doll«, sagt er. »Ganz ruhig.«

Sie wollen mir Me… geben, doch ich presse die Lippen zusammen und bewege den Kopf hin und her, hin und her. Keine Me… keine Me… keine Me…

Der Doktor versteht mich. Brendle hat sich das weiße Schiff unter den Arm geklemmt, die blonde Frau mit dem grünen Kleid steckt in seiner Faust. Es sieht aus, als wolle er sie erwürgen.

Sie tuscheln. Beraten sich. Das Wort in meiner Kehle will heraus, aber ich bin stärker. *Conni* bleibt drin.

Brendle hat plötzlich den Block in seiner Hand.

»Sie können alles aufschreiben«, sagt er. »Sie haben doch schon damit angefangen. Das ist gut so. Machen Sie weiter. Bitte. Das hilft Ihnen. Das hilft uns.«

Die Sätze schießen nur so aus seinem Mund. Der weiße Kittel blickt irritiert, entgegnet, das sei nicht abgesprochen, und das werde Konsequenzen haben.

Ich nicke. Versuche ein Lächeln. Bewege die Handgelenke, streiche mit den Fingern über die Hand des Doktors, der mich noch immer beruhigen will.

Der weiße Kittel eilt nach draußen, alles folgt ihm. Sie beratschlagen und diskutieren, machen ein paar Schritte ins Zimmer hinein, gehen zurück auf den Gang, reden weiter und besprechen und entscheiden. Ich kann mir nicht erklären, warum sie alles so umständlich machen. Hinausgehen. Sich draußen beraten. Wieder hereinkommen. Wollen sie etwas vor mir verheimlichen, mich schonen, herausfordern, von irgendwo hervorlocken? Bin ich ein Versuch? Ein Experiment?

Brendle kommt zurück. Sein Gesicht ist gerötet, es scheint, als seien ihm die Regeln des weißen Kittels egal.

»Sie müssen uns das erklären«, sagt er und deutet auf das Schiff, das er wieder auf den Tisch gestellt hat. »Wir finden Sie am nächsten Morgen irgendwo am Ufer des Brombachsees, weil der Kapitän gesagt hat, er habe nachts eine Person über Bord gehen sehen. SIE! Wir finden heraus, wer Sie sind, kümmern uns um Sie, geben Ihnen frische Kleidung und ein neutrales Zimmer, versuchen, Ihre Erinnerung zurückzubringen. Können Sie sich vorstellen, was das für ein Aufwand ist? Wie viele Kollegen und Kräfte der Freiwilligen

Feuerwehren rund um den Brombachsee stundenlang im Einsatz gewesen sind? Und SIE? Helfen uns nicht. Obwohl Sie das könnten. Das ist doch so, oder?«

»BRENDLE!« Der Schrei des weißen Kittels ist fast noch heftiger als jener, mit dem er »SCHWESTER!« gerufen hat.

Sie streiten sich. Brendle und der weiße Kittel. Direkt an meiner Pritsche. Ich schließe die Augen. Schließe die Ohren. Versuche mich zu erinnern. *Conni ... ConniConniConni.* Später wird die Fixierung um meine Arme gelöst, Brendle ist ganz sanft.

Er hilft mir beim Aufstehen, stützt mich und führt mich zum Tisch, drückt mich behutsam auf den Stuhl. Der weiße Kittel schleicht davon.

»Bitte«, flüstert Brendle, Verzweiflung liegt in seinen Augen. »Bitte schreiben Sie auf, was mit *Conni* passiert ist. Das ist doch Ihre Schwester, oder?«

Schwester.

Es klingt so fremd und vertraut zugleich.

Der Kommissar zieht sich zurück, die Tür bleibt offen. Nach ein paar Minuten kommt er wieder und trägt ein Tablett herein. Darauf stehen eine Kanne Tee und ein Teller mit einem Brötchen, dazu Butter und Honig.

Woher weiß er, dass ich Honig liebe?

Woher weiß er das?

Brendle setzt sich zu mir und wartet. Er beobachtet mich, schaut mir zu, wie ich mit dem Messer langsam das Brötchen auseinanderschneide, die Hälften aufklappe, Butter verstreiche, Honig darauf gebe. Er sieht mir beim Essen zu, gießt Tee in die Tasse, lächelt. Sein Lächeln sagt mir, alles wird gut.

Als ich fertig bin, drückt er mir einen Kugelschreiber in die Hand, schließt meine Finger darum. Mit dem Tablett verschwindet der Kommissar durch die Tür, sie bleibt halb offen stehen.

Ich beginne, meine Gedanken zu sortieren.

Was war wann und warum?

Dann schreibe ich. Zumindest sieht es so aus. Wenn Brendle den Kopf durch die Tür zu mir hereinstreckt, um zu kontrollieren, wie es mir geht, wirkt er zufrieden.

Conni hat die gleichen Ohrringe wie ich. Sie hat die gleiche Schuhgröße, aber sie ist einen halben Zentimeter kleiner. In der Schule war ich in Sport immer besser. Ihre braunen Haare kräuseln sich so natürlich wie meine und sind durch normale Gummis oder Spangen kaum zu bändigen, und wenn sie eine neue Hose bekam, musste auch ich eine neue Hose haben.

Herr Kommissar, Sie können das nicht verstehen. Sie haben keine Zwillingsschwester. Mutter hat immer zuerst Conni angezogen, danach mich, obwohl ich nur drei Minuten älter bin.

Gemeinsam gingen wir zu dieser Ü30 Party. Wir tranken und lachten und tanzten. Neben uns am Tisch gab es einen Mann, der sich nicht entscheiden konnte. Einmal forderte er Conni zum Tanz auf, dann mich. Er verwechselte uns ständig. Manchmal ist das lustig, an diesem Abend fand ich es lästig.

Ich überlegte, wie es wäre, keine Zwillingsschwester zu haben, überlegte, wie es wäre, wenn sie für ein paar Stunden verschwand und ich diesen Mann nicht mit Conni teilen müsste.

Es war Nacht, und es regnete. Wir brauchten frische Luft und gingen auf das Oberdeck des Schiffs. Wir waren allein, das Schiff drehte sich und fuhr seltsame Schleifen. Conni stand in der Nähe des Steuerhauses, draußen im Regen.

Dort ragt die Reling ein Stück über das normale Oberdeck hinaus. Conni beugte sich über das Geländer, sehr weit, ihre Füße hoben sich fast vom Boden. Sie hat das schon immer gemacht, wenn es die Gelegenheit dazu gab. Und immer hatte ich dabei Angst, ihr könnte einmal etwas zustoßen.

Jetzt konnte ihr tatsächlich etwas zustoßen. Es war *die* Gelegenheit.

Ich half ein bisschen nach und packte ihre Füße.

Meine Schwester fiel ins Wasser. Sie stieß nicht einmal einen Schrei aus. Für einen Moment sah ich ihre Arme auf der Wasseroberfläche, dann war sie fort. Und das Schiff fuhr weiter, immer weiter durch die Nacht. Ich starrte dem Punkt hinterher, an dem ich Conni zuletzt gesehen hatte, minutenlang, bis mir einfiel, dass Conni noch nie gut schwimmen konnte. Sie schaffte gerade mal zwei Bahnen im Schwimmbad, dann musste sie erschöpft an den Beckenrand.

Ich warf meine Schuhe über Bord, dann die Jacke und sprang hinterher. Suchte. Wich dem Sog der Schiffsschrauben aus, in den Conni möglicherweise geraten war.

Der Brombachsee war warm. Der Regen ließ nach, Nebel kam auf, und manchmal zeigten sich die Sterne. Das Schiff zog davon, schlingerte und machte seltsame Bögen und Schleifen, und ich war allein.

Ich schwamm die halbe Nacht über den Brombachsee, hierhin und dorthin; manchmal kam ich dem Ufer ein Stück näher, die dunklen Schatten der Bäume waren zum Greifen nah, dann wieder drehte ich mich auf den Rücken und trieb dahin, atmete ruhig, um mich auf Conni zu konzentrieren. Sie musste irgendwo sein. Ich versuchte, ihr Rufen zu hören, doch ich hörte nichts. Da waren nur meine eigenen Atemzüge und das leise Plätschern der Wellen.

Irgendwann ließ meine Kraft nach. Ich war eine gute Schwimmerin, aber auch ich kam an meine Grenzen. An einem Punkt am Ufer leuchtete ein rotes Licht. Darauf schwamm ich zu, schluckte Wasser, hustete. Das Licht verschwand, ich schwamm weiter. So lange, bis ich Sand unter meinen Knien spürte. Dann kroch ich an Land und wartete auf Conni. Ich begann zu zittern und überlegte, ob Conni später genau zu jener Stelle kommen würde, an der ich nun saß. Früher hatten wir häufig dieses Spiel gespielt. Den anderen nur durch die Kraft der Gedanken finden, durch die Verbundenheit unserer Seelen. Im Wald. Auf der Wiese. Im Haus.

Es klappte nicht.

Conni kam nicht.

Ich lege den Stift zur Seite. Ich bin fertig, und doch steht kein einziges Wort auf dem Papier. Der Kugelschreiber kratzte über das weiße Blatt, von links nach rechts, begann immer wieder neue Zeilen, mit ruhiger, gleichmäßiger Schrift, aber die Mine blieb im Gehäuse.

Erst jetzt drücke ich die Mine herunter, prüfe, ob die Tintenpaste neben der Kugel herausquillt, und male rechts oben kleine Kreise. Dann nehme ich ein neues Blatt und hinterlasse dem Kommissar eine Nachricht.

Conni kommt später.

Ich schreibe es nicht nur einmal.

Das ganze Blatt wird voll, von oben bis unten, mit immer dem gleichen Satz, in bemüht schöner, sauberer Schrift.

Susanne Reiche

Fehlschuss

Hinter dem Hirtenberg geht die Sonne unter, ein unspektakuläres Schauspiel. Ein paar Schleierwolken, ein Hauch orange, weg. Die Nacht folgt auf dem Fuß.

Ich lehne den Rücken an den Stamm eines knorrigen Apfelbaumes und warte auf den Mond. Der Tag war heiß, und die Nacht wird kaum kühler sein – eine »tropische Nacht«, so nennt man das, wenn die Temperatur nicht unter zwanzig Grad fällt. Rio de Janeiro im Nürnberger Land. Seit Wochen macht die Hitze Mensch und Tier nervös und dünnhäutig ... auch Marina und mich. Seit ich uns vor drei Wochen bei meinen Eltern in Velden einquartiert habe, geraten wir recht häufig aneinander, aber so schlimm wie heute war es noch nie: Wir haben uns angeschrien, uns Vorwürfe wie Bretter auf den Kopf geschlagen. *Wenn du jetzt gehst*, hat sie am Ende gesagt, *sind Tom und ich vielleicht nicht mehr da, wenn du zurückkommst. Du musst dich entscheiden ...*

Marina hat in vielem recht. Ich habe mich zu wenig um sie gekümmert, und ich habe sie mit falschen Versprechungen hierhergelockt: Raus aus der Großstadt Berlin, ein entspannter Sommerurlaub im wildromantischen Pegnitztal, endlich einmal genug Zeit für unsere kleine Familie ... Es waren vorsätzliche Lügen. In Wahrheit wollte ich einer anderen nahe sein – *Gabriella*. Schon ihr Name ist wie Musik, finden Sie nicht? Ich hatte von ihr gehört und war sofort fasziniert, und als ich sie hier dann zum ersten Mal sah, verfiel ich ihr mit Haut und Haar. Sie war jung und wunderschön, ein Wesen wie aus dem Märchen; zugleich anrührend scheu und von unbezähmbarer Wildheit. Ich suchte ihre Nähe jeden Tag, lauerte ihr auf, stellte ihr nach; ich lief viele Kilometer, nur um ihren Schatten zu sehen.

Marina begriff bald, dass etwas nicht stimmte.

Was soll das?, fragte sie. *Wo zur Hölle treibst du dich den ganzen Tag rum? Und warum dürfen Tom und ich nicht mitkommen?*

Ich erfand Ausflüchte. *Da draußen ist nicht Disneyland. Es hat fünfunddreißig Grad im Schatten, das ist viel zu heiß für Tom. Es gibt jede Menge Zecken, die gefährliche Krankheiten übertragen. Keine Windeleimer.*

Aber Marina ist ein schlaues Mädchen, es ist nicht leicht, ihr etwas vorzumachen. *Da fragt man sich, warum das Auswärtige Amt noch keine Reisewarnung für Mittelfranken ausgesprochen hat*, hat sie gesagt und mir den Rücken zugedreht.

Der Mond geht auf und hebt sein rundes, blasses Gesicht über den Rand der Welt. Ich steige einen schmalen Wildpfad bergauf, begleitet vom vagen Schemen meines Schattens. Warmer Wind bläst mir die Haare ins Gesicht, lässt Grashalme wie Derwische tanzen und singt auf schroffem Fels. Unten im Pegnitztal schiebt ein Regionalexpress einen Lichtkegel vor sich her, in Velden gehen die Straßenlaternen an. Der Steinbruch glänzt im Mondlicht wie eine gigantische, weiße Narbe – man hat der Landschaft die Haut abgezogen und ihre Knochen freigelegt. Während der Mond höher steigt, nimmt mein Schatten nach und nach Kontur an, wird scharfkantig wie ein Scherenschnitt. Über seiner Schulter hängt ein Gewehr. Ich bin auf der Jagd.

Gabriellas Tod hat hohe Wellen geschlagen, die Medien haben landesweit darüber berichtet. Aber niemand hat ihren Mörder zur Rechenschaft gezogen, er lebt mitten unter uns, ein angesehener Bürger, den man am Samstagmorgen in Velden beim Bäcker trifft, wo er drei Kaiserbrötchen kauft und lächelnd grüßt. Vierschrötig, robust, rothaarig; ein Mann im besten Alter, dessen kurze, kräftige Finger nicht zittern, wenn er das Geld auf den Tresen legt. Er schläft gut. Er fühlt keine Reue. Männer wie er glauben, immer und mit allem durchzukommen ...

Nun umschließt mich der Wald wie ein dunkler Mantel. Dürre Äste und Flechten zerbröseln unter meinen Füßen, es riecht nach Harz. Links erkenne ich das sparrige Karree der Fichtenschonung, rechts den Holzstapel und den Bauwagen der Waldarbeiter. Ich kenne meinen Weg, jeden Stein, jeden Baum. Ich bin hier aufgewachsen. Es ist gerade mal fünf Jahre her, dass ich mein beschauliches Elternhaus in Velden gegen eine WG im wilden Berlin eingetauscht habe, um Geoökologie zu studieren. Marina und ich haben uns im achten Semester bei einem Fachseminar kennengelernt: *Ressourceneffizienz und Nachhaltigkeit in der Forstwirtschaft.* Ein halbes Jahr später war sie schwanger, und ich wurde Lebensgefährte und Vater, obwohl ich eigentlich ganz andere Pläne hatte: Forschungsreisen, ein Buchprojekt, den Doktortitel ... Marina. Ist es ihr wirklich ernst mit ihrer Drohung? Wird sie mich verlassen?

Ich kreuze den Wanderweg, der zur Petershöhle führt. Im Gebüsch trommeln Zikadenmännchen, ein Käuzchen ruft. Noch liegen die Umrisse des Hochsitzes im Schatten der Bäume, aber ich weiß, dass er da ist. Ich weiß, dass Gabriellas Mörder da oben sitzt wie eine Spinne in ihrem Netz, dass er lauert und späht, bereit zu töten.

Du bist doch wahnsinnig! Völlig besessen!, hat Marina geschrien, als ich endlich den Mut fand, ihr die Wahrheit zu sagen. *Denkst du dabei denn keine Sekunde an uns? An mich und Tom?*

Ich verstehe Marinas Wut, ihre Angst. Trotzdem kann ich nicht anders. Ich muss Gabriellas Tod rächen. Sie ist Hunderte von Kilometern gelaufen, um hierher zu kommen, sie hat sechsspurige Autobahnen und reißende Flüsse überquert, Städte und Dörfer umgangen. Sie ist den Menschen ausgewichen. Aber all ihr Mut und ihre Vorsicht haben ihr nichts genutzt. Sie musste Beute machen, um zu überleben, und für einen Wolf ohne Rudel ist die Jagd kräftezehrend und gefährlich. Wer will Gabriella vorwerfen, dass sie den Verlockungen erlag? Die sorglos im Freien angeleinten Ziegen eines Hartenberger Bauern, der nachlässig gesicherte Pferch eines Engenthaler Schäfers – ein Schlaraffenland für eine einsame, hungrige Wölfin. Als »Bestie von Hartenstein« hat die Regionalpresse sie denunziert, in einem reißerisch aufgemachten Artikel mit bunten Fotos der zerfleischten Schafe. Schon am nächsten Tag rief Gabriellas späterer Mörder zu einer Kundgebung auf. Ausgerechnet er, der mit eigenhändig erlegten Rehen ein sehr lukratives Geschäft betreibt, hielt ein Plakat hoch, auf dem ein Rehkitz per Sprechblase mitteilt: *Ich will leben!* Besorgte Mütter mit Kleinkindern, Schäfer, Bauern und, vorneweg, die Jäger hingen an seinen Lippen, als er schrie: *Die Politiker schützen den Wolf! Aber wer schützt unser Wild und unser Vieh? Wer schützt unsere Kinder? Wir werden es selbst tun müssen!*

Lauter Beifall, Waidmannsheil! Die Chronik eines angekündigten Todes hatte begonnen.

Der Vollmond steht jetzt im Zenit. Sein Licht flutet hell über die lang gezogene Lichtung, versilbert die im Wind schwingenden Äste der Buchen und Eichen, die sie säumen, und schimmert matt auf der Kanzel des Jägerstandes. Eine kleine Rotte Wildschweine wühlt und grunzt im kniehohen Gras, dunkle Silhouetten, deren Kiefer schmatzend malmen. Mit Rüben oder Mais lockt der erklärte Tierfreund seine umhegten Schützlinge hierher, um sie in Ruhe abknallen zu können. Hasen, Fasane, Rehe, Wildschweine, Hirsche; Füchse, Marder, Dachse; hin und wieder auch ein geschützter Greifvogel, eine Katze oder ein Hund ... die Liste seiner Opfer ist lang. Als ich acht Jahre alt war, hat er den Hund unseres Nachbarn Emmerling wegen angeblicher Wilderei standrechtlich erschossen. Der arme alte Rufus. Er war so gut wie blind und hatte eine kranke Hüfte, vermutlich war er nur kurz vor die Tür gelaufen, um an einem Grasbüschel das Bein zu heben. Noch während der Fahrt zum Tierarzt ist er qualvoll an einer Ladung Schrot krepiert.

Ich nehme das Gewehr von der Schulter – es ist Emmerlings Gewehr, ein rostiges, krummes Ding, mit dem Emmerling gelegentlich in die Luft ballert, um die Krähen von seinem Gemüse zu verscheuchen. Ich habe es mir ausgeliehen, ohne zu fragen, und ich kann nur hoffen, dass es funktioniert. Und dass ich noch damit umgehen kann ... das erste und letzte Mal habe ich als Vierzehnjähriger geschossen. Auf leere Hundefutterdosen.

Ich halte mich dicht am Waldrand, setze meine Schritte behutsam und ducke mich in die Schatten der Bäume. Auf der Lichtung hebt ein massiger Keiler den haarigen Kopf. »Verrate mich nicht«, flüstere ich beschwörend. »Ich bin dein Freund.«

Oben auf der Kanzel blitzt etwas auf. Ein Fernglas? Ein stählerner Flachmann? Oder ein Gewehrlauf – Gabriellas Mörder besitzt eine nagelneue Zoli AZ 1900 Bavaria mit Leuchtpunktzielgerät, er kann mir auf 50 Meter das Auge ausschießen, wenn er will. Was er allerdings nicht hat, ist ein Hund. Sein Jagdhund, eine Deutsche Bracke, hätte mich längst gewittert und Alarm geschlagen, ich hätte nicht den Hauch einer Chance gehabt. Dass der Mörder die brave Leni nicht dabeihat, ist mein Glück, aber kein Zufall. Ich habe ihr etwas über den Zaun geworfen, dem sie nicht widerstehen konnte. Nichts Schlimmes, nur ein Schlafmittel; aber stark genug, dass sie heute nicht auf die Jagd gehen konnte ...

Der Keiler glaubt nicht an menschliche Freunde und tut sicher gut daran. Laut grunzend ziehen sich die Wildschweine in den Wald zurück, und vom Jägerstand höre ich ein unterdrücktes Fluchen.

Jetzt sind wir allein, er und ich.

Jetzt gilt es.

Das Gras dämpft meine Schritte. Ich habe Angst. An die Mär, dass ein Jäger nur auf das schießt, was er im Zielfernrohr klar erkennt, glaube ich schon lange nicht mehr. Ich habe zu viele Treibjagden gesehen. Bevor die Felder neben meinem Elternhaus abgeerntet wurden, haben zwanzig Waidmänner ihre Hunde durchgeschickt und alles abgeknallt, was sein Heil in der Flucht suchte: Hasen, Füchse, Vögel, Katzen. Es war wie im Krieg, nur ohne Genfer Konventionen.

Nicht im Ernst, hat Marina gesagt, als ich behauptet habe, Gabriellas Mörder nur zur Rede stellen zu wollen. *Du willst mit einem Jäger diskutieren? Genauso gut kannst du dir ein Loch ins Knie bohren und heiße Milch durchschütten, und das weißt du genau. Und wozu dann das Gewehr?*

Chancengleichheit. Er hat auch eins, habe ich geantwortet, aber sie hat nur den Kopf geschüttelt. Wie gesagt, es ist nicht leicht, ihr etwas vorzumachen.

Nach dem Abzug der Wildschweine liegt die Lichtung wie ein Stillleben im Mondlicht. Malerisch, friedlich. Ich gehe weiter, Schritt um Schritt, das Gewehr locker in der Rechten. Bald bin ich dem Hochsitz nahe genug, um den Mörder atmen zu hören.

Mein Fuß tastet nach der ersten Sprosse der Leiter.

Scharrende Geräusche, das Rascheln von Butterbrotpapier. Gieriges Kauen. Vermutlich eins der Kaiserbrötchen vom Veldener Bäcker, belegt mit Wildschweinsalami aus eigener Jagd.

Ich nehme die erste Sprosse, die zweite, die dritte.

Von oben ein Ratschen, ein erleichtertes Stöhnen. Erst als es warm auf meine Hand tropft, begreife ich: Er pinkelt von seiner hohen Warte herunter, er pisst auf mich, er pisst auf Rufus und Gabriella ...

Meine Wut vertreibt die letzten Zweifel. Entschlossen erklimme ich die restlichen Sprossen und presse dem Mörder die Mündung von Emmerlings Gewehr direkt auf den dicken, halb nackten Bauch.

Er japst vor Schreck, rudert mit den Armen und kippt nach hinten, schlägt sich den kantigen Schädel an der Sitzbank an. Wimmert vor Schmerz. Beinahe habe ich Mitleid – ich habe ihm nachgestellt, ihn überrascht; dort, wo er sich sicher fühlte: in seinem eigenen Revier. Er war arglos. Er hat sich für den Jäger gehalten, er versteht nicht, warum er nun der Gejagte ist.

Wie Rufus. Wie Gabriella.

Ich spanne das Gewehr, ein sattes Klicken. Musik in meinen Ohren ...

»Um Gottes willen«, ruft er heiser und hebt abwehrend die Hand, »was soll das? Wer sind Sie? Das muss ein Missverständnis sein!«

»Ich fürchte, nein«, sage ich ruhig und lege den Zeigefinger um den Abzug. »Ich bin hier, um Rache zu nehmen. Für den Wolf.«

Eine Weile starrt er mich verständnislos an. »Aber das ist doch ... Schwachsinn«, sagt er dann und versucht sich an einem brüderlichen Grinsen, das zur Grimasse gerinnt. »Lesen Sie keine Zeitung? Das war ein Problemwolf, ein bösartiger, blutrünstiger Räuber. Eine Gefahr für Mensch und Tier!«

Ich sage nichts.

Er rappelt sich hoch und blinzelt gegen das Mondlicht, um mein Gesicht zu erkennen. Versucht es anders. »Ich habe den Wolf nicht vorsätzlich geschossen«, lügt er. »Es war dunkel, ich habe ihn für einen Fuchs gehalten. Es war ein Fehlschuss ...«

»Und das hier wird auch ein Fehlschuss«, erkläre ich ihm. »Ein tragischer Irrtum. Ich habe Sie für einen Wolf gehalten, einen bösartigen, blutrünstigen Räuber. Ich hatte Angst um mein Leben. Ein Fall von Notwehr ...«

Der Mörder wartet nicht, bis ich ausgeredet habe. Er ist vielleicht herzlos, aber er ist nicht dumm. Flink wie ein Wiesel fährt er herum und greift nach der AZ 1900, die an der Sitzbank lehnt. Er schlägt damit zu wie mit einem Knüppel. Emmerlings Gewehr wird mir aus den Armen gerissen, ein Schuss löst sich, ich falle.

Der harte Aufprall presst mir die Luft aus der Lunge. Mir wird schlagartig kalt. Für eine Weile sehe ich noch das Mondlicht auf der Lichtung schimmern, dann zieht eine tiefschwarze Nacht auf. Es wird still. Totenstill.

Ich wache auf, weil eine warme Hand sanft die meine streichelt. »Marina«, flüstere ich. »Marina?«

Keine Antwort. Jeder Knochen in meinem Körper bereitet mir Höllenqualen, es kostet mich Überwindung, die Augen zu öffnen.

Dicht neben mir steht der massige Keiler, sein Rüssel bläst mir warmen Atem auf die Hand. Vorsichtig setze ich mich auf. Der Schmerz nimmt mir die Luft, der Keiler beobachtet mich misstrauisch aus kleinen, funkelnden Augen. Seine handlangen Hauer glänzen im Mondlicht.

»Ich bin dein Freund, schon vergessen?«, erinnere ich ihn und taste nach Emmerlings Flinte. Die Patrone ist noch in der Ladeklappe; der Schuss, den ich vor dem Sturz vom Hochsitz gehört habe, muss sich aus dem Gewehr des Mörders gelöst haben ... Ohne das Wildschwein aus den Augen zu lassen, taste ich meinen Körper ab, Zentimeter für Zentimeter. Prellungen, vermutlich ein paar gebrochene Rippen, aber keine Schussverletzung – ich habe Glück gehabt.

Der Keiler grunzt und senkt den Kopf, reißt mit den Hauern den Boden auf, pflügt über die Lichtung und schleudert wütend Erde und Gras in die Luft. Dann zieht er endgültig ab, schnaubend und mit gesträubtem Nackenfell.

Ich wende den Kopf. Hinter mir, keine Armlänge entfernt, liegt Gabriellas Mörder, reglos, mit heruntergelassenen Hosen und weit aufgerissenen, toten Augen. Er hält noch immer sein Gewehr umklammert. Von seinem Schenkel bis hoch zur Leiste klafft ein tiefer, ausgefranster Schnitt, seine Kleidung und das Gras sind mit dunklem Blut getränkt.

Tödlicher Jagdunfall in der Gemeinde Hartenstein, so wird es später in der *Pegnitz-Zeitung* stehen. *In der Nacht vom 16. auf den 17. August wurde unweit der Petershöhle ein*

Veldener Jäger von einem Wildschwein getötet. Offen-
sichtlich hat das Tier den Waidmann bei der Verrichtung
eines menschlichen Bedürfnisses überrascht; der von dem
Mann daraufhin abgefeuerte Schuss ging tragischerweise
fehl. Der ums Leben gekommene Jäger hatte kürzlich we-
gen des illegalen Abschusses eines Wolfes für Schlagzeilen
gesorgt ...

Gabriellas Tod ist gerächt, ich schleppe mich zurück nach
Velden. »Marina«, flüstere ich bei jedem Schritt bergab,
»Marina ...« Ich kann nur hoffen, dass sie noch da ist. Ich
stelle mir vor, wie sie am Gartenzaun steht, meinen Sohn
auf dem Arm; ich stelle mir vor, wie sie die Augen mit der
Hand gegen die steigende Sonne beschattet und nach mir
Ausschau hält ...

Killen McNeill

Schneeballenparadies

Kurz vor neun ist Ilse Rupprecht zu Fuß in der Rödergasse unterwegs zu ihrem Geschäft, wie jeden Tag um diese Zeit. Es wird ein schöner Junitag werden: Sonne, klarer Himmel. Mit ihren neunundsiebzig Jahren ist Ilse langsamer geworden, aber ihr Gang hat noch etwas von der Wucht und Zielstrebigkeit einer Bowlingkugel in der Bahn kurz vor dem Abräumen aller neun Kegel, und ihre Figur sowieso.

Um neun ist sie am Laden. Sie muss nicht früher kommen, weil ihr Sohn schon aufgesperrt hat und ihre Schwiegertochter und Enkelin auch schon da sind. Eigentlich muss sie überhaupt nicht kommen, aber das ist eine andere Geschichte. Ihr Mann Willi ist vor zwei Jahren gestorben. Lächelnd betrachtet sie das Geschäft. Hier, im Familienbetrieb, fing alles an, und inzwischen gibt es Filialen in Heidelberg, Füssen und Salzburg. Ilse Rupprecht ist ein Beispiel für die seltene Spezies Mensch, die genau am richtigen Ort auf der Welt ihren Platz gefunden hat. Deswegen hält sie sich auch fest an ihm, vielleicht zu fest. Ihre beharrliche Gegenwart im Laden hat zu einem Generationsstau in der Geschäftsleitung geführt, ähnlich wie im britischen Königshaus, sodass ihr Sohn Karl, der über sechzig ist, sich schon überlegt, ob er das Zepter, oder in diesem Falle die Schneeballenzange, nicht gleich an seine Tochter weitergibt.

Ilses Enkelin Anna schaut drinnen von dem Holztisch hoch, wo sie gerade Streifen in den Schneeballenteig schneidet, und sieht Ilse draußen stehen. Sie winkt ihr zu, aber Ilse reagiert nicht, und ihr Mund macht komische, mahlende Bewegungen.

»Papa!«, ruft Anna, »Mama!«, aber beide sind im Lager. Sie geht hinaus und auf Ilse zu, deren Mundwinkel immer noch geräuschlos zucken. »Was ist denn, Oma?«, fragt sie.

»Schneelefe«, sagt Ilse, und strahlt Anna an, als ob sie etwas Schwieriges gemeistert hätte. »Schneelefe«, wiederholt sie, dann, sich behutsam vortastend, »Schneelefebale«, und anschließend schneller und immer sicherer, »Schneelefebalefallenpalefaralefadilefies«. Lachfalten breiten sich in ihrem freundlichen, rundlichen, geröteten Gesicht aus, sodass sie selber wie ein Schneeballen mit Erdbeergeschmack aussieht.

»Oma, komm in den Laden, wir holen einen Arzt«, sagt Anna und nimmt Ilse am Arm. Aber Ilse schüttelt den Kopf und wiederholt, »Schneelefebalefallenpalefaralefadilefies«. Dabei deutet sie auf das Ladenschild, auf dem »Schneeballenparadies« steht.

Die ersten Reisebusse des Tages kommen an, unter anderem ein Setra, der amerikanische Touristen von der MS Viking Europe bringt, die in Würzburg liegt. Er schiebt sich in den Parkplatz P2 im Süden Rothenburgs. Auf der Herfahrt ist Dan Wheeler eingeschlafen, wie es einem Dreiundachtzigjährigen auch zusteht. Dan ist Witwer und macht eine Mainkreuzfahrt mit seiner Enkeltochter Hannah, die aber heute in Würzburg bleibt.

Als der Bus anhält, wacht er auf und steigt an der hinteren Tür aus. Noch etwas benommen, meint er kurz wieder in seiner Heimat Eugen in Oregon zu sein, weil das Cineplex, das vor ihm steht, genauso aussieht wie dort. Dann dreht er sich um und schaut auf die schrägen Dächer von Rothenburg: wie die roten Fahnen eines gewaltigen Heeres auf dem Durchmarsch durch die Frankenhöhe, das von einer steinernen Mauer umzingelt und zum Stehenbleiben gezwungen wurde.

»Hoo-wee«, sagt er, wie es Amerikaner in einem gewissen Alter tun. Er schnauft tief ein, dann läuft er auf die Stadt zu, seine Beine federn wie die der Westernhelden der Fünfzigerjahre, und seine Arme pendeln in kleinen Bögen, er will seine Kraft gut dosieren. Seine schlaksige Figur steckt in Jeans, Holzfällerhemd, Steppweste, Turnschuhen und akkurat nach vorne ausgerichteter Baseballkappe. Unter der Kappe hat er volles, welliges, weißes Haar. Die Jahre haben seine Schultern, seine frisch rasierten Wangen und seine Augenlider nach unten gezogen, auch wenn die Lachfalten neben seinen Augen dagegenhalten. Überhaupt, sagt er immer, ist das Altern ein ständiger Kampf gegen die Erdanziehung, den man letztendlich verliert.

Vor dem Spitaltor bleibt er stehen. »Spitaltor«, liest er, dann sagt er »Spilefitalefaltolefor«. Er wischt sich mit dem Handrücken über den Mund, als hätte er etwas Verbotenes gesagt. Die alte Geheimsprache. Seit seiner Kindheit hat er sich geschworen, sie nie mehr zu benutzen. Dan läuft einem wippenden Wäldchen von Selfiesticks nach, die über einer Gruppe Asiaten schweben, über die Holzbrücke links vom Spitaltor in die Spitalgasse. Da holt er einen sorgfältig zusammengefalteten Zettel aus seiner Weste und entfaltet ihn vorsichtig, seine Hände zittern leicht dabei. Das Papier ist vergilbt, an den Falzen aufgeraut und mit Altersflecken gesprenkelt, der Übergang zu Dans Handrücken ist fließend. Auf dem Blatt ist eine Skizze zu sehen, mit Bleistift ausgeführt, es sieht aus wie ein Trichter oder ein Sektglas, zwei Linien, die sich von links und rechts oben aufeinander zubewegen und ab der Mitte des Blattes dann nach unten parallel zueinander verlaufen. Nur ist die obere linke Linie gezackt und die obere rechte gerade, bevor sie sich fast treffen.

Mit der Skizze in der Hand läuft Dan langsam die Spitalgasse entlang in Richtung Stadtmitte, er schaut nicht die herausgeputzten Fassaden der Hotels und Andenkenläden an, sondern immer wieder zu den Hausdächern hoch. Wenn er daran denkt, macht er den Mund zu, wie es ihm seine Enkelin sanft beigebracht hat. Er fotografiert nichts, er interessiert sich weder für Ritterrüstungen, Kuckucksuhren, Kriminalmuseum, Weihnachtsschmuck oder Kinderspielzeug noch für Schneeballen; seine Welt hat sich auf die Skizze auf seinem Blatt reduziert, nachdem er sie dreiundsiebzig Jahre nicht beachtet hat.

»Aber vorhin hat sie nur wirres Zeug gesprochen. Wirklich!« Anna ist in Erklärungsnot dem Hausarzt und ihren Eltern gegenüber. Draußen an der Ladentür hängt ein Schild, »Vorübergehend geschlossen«, drinnen stehen Anna, ihr Vater und ihre Mutter ratlos um Ilse herum, die sich völlig unbekümmert gibt. Sie ist bei Sinnen, redet klar und deutlich, hat keinen erhöhten Blutdruck und keine Anzeichen eines Schlaganfalls, sondern sitzt ganz friedlich auf einem Stuhl dem Ladeneingang gegenüber, umgeben von ihrer Familie.

Etwas abseits verstaut Dr. Melchior auf dem Backbrett vor der Schneeballenauslage im Schaufenster seine Instrumente in seiner Arzttasche. »Na ja, eine fast Achtzigjährige darf schon mal ein bisschen verwirrt sein, gell, Frau Rupprecht?«, sagt er, und drückt die Tasche zu. »Das kommt mal vor und hat überhaupt nichts zu bedeuten. Ruhen Sie sich ruhig noch etwas aus, und dann lassen Sie sich nach Hause fahren. Überhaupt sollten Sie sich überlegen, ob es nicht Zeit wird, die Dinge etwas langsamer anzugehen. Der Laden ist ja in den besten Händen. Sie könnten es sich zu Hause so richtig gemütlich machen.«

»Was soll ich dahamm?«, fragt Ilse. »Verwirrt, so ein Schmarrn. Ich war überhaupt nicht verwirrt. Das ist eine Geheimsprache. Die hat mir vor ewigen Zeiten einer beigebracht, und heute ist sie mir wieder eingefallen. So ein Zeug haben wir in der Jugend gemacht. Aber die jungen Leute heutzutag mit ihren Computern und Handys und dem ganzen Zeug haben keine Zeit mehr für so was.«

»Ach, Oma, ich hab mir halt Sorgen gemacht«, sagt Anna.

»Sie haben ganz richtig gehandelt, Anna«, sagt Dr. Melchior. »Was ist das für eine Geheimsprache, Frau Rupprecht?«

»Ilefich helefeiße Ilefilse Rulefupprelefecht.«

»Aha. Ulufund ilifich bilefin Ilefihr Haulefausalefarzt. Die Löffelsprache. Habe ich als Kind mit meinem besten Freund auch gesprochen. Sehr nützlich, wenn andere mal nichts verstehen sollen.«

»Gelefenaulefau!«, sagt Ilse.

»Gelefenaulefau«, sagt Dr. Melchior.

»Genau«, sagt Dan. Er ist inzwischen am Marktplatz angekommen und schaut zum Rathausturm hoch, wo sich die Silhouetten einiger Besucher draußen am Geländer abzeichnen. Ihm tut inzwischen der Nacken weh, weil er ihn wegen seines gekrümmten Rückens überstrapazieren muss, wenn er dauernd nach oben schaut. Er sieht auch immer nur die Häuser auf beiden Straßenseiten, nicht die dahinter. Er muss höher hinauf, um sich einen Überblick zu verschaffen, und da kommt ihm der Rathausturm genau recht.

Er begibt sich auf den mühsamen Weg, die 220 Stufen bis zur Aussichtsplattform hinaufzusteigen. Zuerst hält er sich an dem steinernen Handlauf fest, dann am hölzernen. Er zählt die Stufen nicht, er lässt den entgegenkommenden Leuten den Vortritt und die hinter ihm vorbei. Er macht auf den Zwischenböden Pause, atmet tief, bis sein Puls wieder relativ ruhig geht. Sein Aufstieg verlangsamt sich immer mehr, aber ihm ist, als käme er immer schneller voran. Allerdings ist die allerletzte Leiter eine besondere Herausforderung, ganz steil, mit den Armen muss man sich an Metallstangen hochhangeln, und oben ist eine Querstange angebracht, an der man sich nach oben ziehen muss. Hier bleibt er stecken. »Kann ich Ihnen helfen?«, fragt eine männliche Stimme hinter ihm. »Ich müsste Sie aber am Hintern anschieben. Nicht, dass Sie mich dann verklagen!« »Yeah, yeah«, sagt Dan. »Push my ass. You don't have to kiss it. Go on.« Ein kräftiger Schubs befördert ihn hinaus auf die Plattform. »Hoo-wee«, sagt er.

Fünfzig Meter unter ihm breitet sich der Marktplatz aus; links und rechts davon und dahinter die Rothenburger Altstadt. Die Dächer erscheinen wie rote Wellen, vom Wind aufgepeitscht, und die Aussichtsplattform, auf der er steht, wie das Krähennest eines Segelschiffes. Er hält sich am Geländer fest, macht die Augen zu und meint zu spüren, wie das Ganze leicht schwankt.

Er macht die Augen wieder auf, und da ist es, was er sucht, direkt vor ihm. Zwei Häusergiebel nebeneinander, der rechte gezackt, der linke gerade, und eine enge Gasse dazwischen. Das ist der Blick, den er vor dreiundsiebzig Jahren gezeichnet hat, aber spiegelverkehrt, also von der anderen Seite. Mit Blick aus einem Dachfenster, ja, richtig, von dem Haus aus, das quer zu den vorderen steht, das muss es sein. Er winkt dem Fenster zu, als würde er sich selbst zuwinken: Daniel Heuberger, zehn Jahre alt.

31. März 1945, 11.30 Uhr. Eine Holzschindel, dünn, brüchig und verrottet wie ein Laubblatt vom vorletzten Herbst, entkommt Danis Fingern, rutscht raschelnd die Ziegel hinunter und landet in der Dachrinne. »Die Ziegel nicht anheben, Dani«, *flüstert seine Mutter hinter ihm. Man darf von außen nicht sehen, dass sich was bewegt. Wie oft muss ich dir das noch sagen?« Sie fasst ihn sanft an der Schulter, um ihren Worten die Schärfe zu nehmen. Sie ist eine groß gewachsene, gut aussehende Frau, die trotz der Zeiten versucht, sich zu pflegen, die Haare vorne gewellt, nach hinten zum Zopf geflochten, mit einer Gesichtsform wie ein Diamant. Heute trägt sie eine Latzhose und ein Kopftuch. Dani liebt sie sehr. »Es ist wichtig, Dani«, sagt sie. »Man darf doch nicht wissen, dass wir hier sind.«*

Dani und seine Mutter tauschen die Holzschindeln zwischen den Ziegeln am Dachboden der Bäckerei Völkl aus. Sie macht die oberen, Dani steht in der Dachschräge vor ihr und ist halb so groß, also macht er die unteren. Es ist ein Krüppelwalmdach und äußerst aufwendig. Mit Handschuhen geht das nicht, man braucht Fingerspitzengefühl. Im Januar, als sie hier ankamen und mit der Arbeit anfingen, war es grausam hier oben, die Schindeln waren schon ewig nicht mehr ausgewechselt worden, an manchen Stellen hatten sie sich völlig aufgelöst oder waren herausgefallen, und ein eisiger Wind pfiff zwischen den blanken Biberschwanzziegeln hindurch, Schneeflocken wirbelten im Dachstuhl und bildeten Verwehungen am Boden; ihre Finger froren und bluteten von den scharfen Kanten. Am schwierigsten sind die Schindeln auszutauschen, die genau hinter den Sparren liegen. Nur am Sonntag lassen sie die Arbeit ruhen, da kann Dani hier sitzen und die alten deutschen Märchenbücher lesen, mit dem schwarzen Haus-

kater Mohrli spielen oder die Ansichten aus den Fenstern malen. Am liebsten ist ihm der Blick aus dem Fenster zur Gasse vorne, da sieht er den Rathausturm und stellt sich vor, er wäre ganz oben und von allem befreit.

Niemand hat von ihnen verlangt, dass sie diese Arbeit tun, aber Danis Mutter will etwas gutmachen; schließlich versteckt Frau Völkl sie beide unter Lebensgefahr, weil sie Jüdin ist und Dani Halbjude. Seit Januar 1945. Dani und seine Mutter sind nach der Bombennacht in Nürnberg hierher geflohen, sind ohne Judensterne mit der Bahn gereist. Danis Vater, Ernst Heuberger, ist bei der Bombardierung der Stadt umgekommen. Er war ihr letzter Schutz gewesen, er war Arier und ehemaliger Handlungsreisender für die Firma ihres Vaters. Seit seinem Tod droht Dani und seiner Mutter die Deportation nach Theresienstadt. Was das bedeutet, weiß Danis Mutter, weil sie von ihrer eigenen Mutter kein Wort mehr gehört hat, nachdem sie 1941 nach Riga deportiert wurde. Sie sind hierhergekommen, weil Danis Mutter keinen anderen Ausweg wusste. Sie ist eine geborene Stern aus Creglingen, und Frau Völkl war bis 1933 Hausangestellte bei ihrer Familie. Jetzt ist es fast umgekehrt, nur dass Danis Mutter Frau Völkl immer noch duzt, während sie sie umgekehrt siezt.

Herr Völkl ist nicht im Haus; er wurde zum Volkssturm eingezogen an die Ostfront und wird in den nächsten Tagen sinnlos sterben.

Dani und seine Mutter sind mit der Arbeit fast fertig; es bleibt nur die Fläche um das Fenster zum Marktplatz. Wann werden die Amerikaner kommen? Laut der Gerüchte, die unten in der Bäckerei herumschwirren, stehen sie bei Mergentheim, es kann sich nur noch um Tage handeln, höchstens Wochen. Ein Fliegeralarm ist nichts Besonderes in diesen Tagen, die ersten Töne hören sich an wie eine kalbende Kuh, aber wenn die Töne zweimal schnell wieder in die Tiefe rutschen, so wie jetzt, dann ist es ein Akutsignal, Flieger sind im Anflug, das weiß Dani. Und schon geht das Krachen der Flakgeschütze los. Aus dem Fenster zum Marktplatz sieht er die Flieger, zehn bis zwanzig, und dann lösen sich von ihren Bäuchen weiße Zylinder wie Spargelstangen, die sich drehen und herunterpurzeln, und plötzlich blühen riesige Flammensträuße am Marktplatz.

»Wir müssen in den Keller«, sagt seine Mutter.

»Wo ist das Mohrli?«, fragt er. »Es hat doch immer so Angst.«

»Wir haben keine Zeit. Komm.«

Sie eilen die Holztreppen hinunter, machen die Kellertür hinter der Treppe auf und steigen die Steinstufen hinab.

Hier suchen sie bei Fliegeralarm immer Schutz, weil sie natürlich nicht in den öffentlichen Luftschutzkeller beim Gasthof Greifen gehen können. Frau Völkl und ihre sechsjährige Tochter Ilse sind schon da. Sie nehmen auf Weinkisten mit Decken darauf Platz. Der Keller hat ein Tonnengewölbe und einen gestampften Lehmboden, Kartoffeln lagern hier und Rüben vom letzten Herbst, ein Eimer Wasser, ein Eimer Sand stehen bereit, ein Spaten und ein Beil lehnen an der Wand. In einer Ecke ein Notkoffer für Dani und seine Mutter.

»Selefervulefus Ilefilse«, sagt Dani. Seit einiger Zeit bringt er ihr die Löffelsprache bei, die er mit seiner Mutter benutzt, wenn andere nichts verstehen sollen.

»Selefervulefus Dalafanilifi.« Das Kind lacht über Bäckchen rot wie Äpfel, sie sieht ihrer Mutter sehr ähnlich. Dani nimmt sie aufs Knie, dreht sie zu sich und fängt an, »Hoppe, hoppe, Reiter« zu spielen.

Dann geht die Kellertür auf, sie hören Tritte von schweren Stiefeln. Ein massiger Mann im schwarzen Wollmantel kommt gebückt um die Ecke am Ende der Treppe, sein Kopfhaar dunkel und dicht wie ein Mopp. »Habt ihr noch a Plätzla frei?«, fragt er. »Ich wollt grad a Mischbrot kaufen, und draußen brennt alles. Bei euch im Dachstuhl auch schon.«

»Das Mohrli!«, ruft Dani.

»Delefer halefat kolefomische Haalefare«, sagt Ilse.

»Psst, Ilse«, sagt Frau Völkl. Und: »Setzen Sie sich nur her. Wo kommen wir denn aweng her?«

»Aus Creglingen. Ich bin Textilienhändler und Besitzer des größten Textiliengeschäftes dort.« Er schaut sich um zu Danis Mutter, als ob er ihr damit imponieren will, aber sie schaut weg.

Dan schlurft vorsichtig auf dem engen Gang im Uhrzeigersinn um den Glockenturm, sein Blick wandert von der Dächerlandschaft über das bewaldete Taubertal und nach rechts zur Doppelbrücke. Dieser Übergang von der Stadt zur ländlichen Umgebung ist einer der wenigen in Deutschland, der sich seit Jahrhunderten nicht verändert hat, und der Weg, oder wenigstens der Anfang des Weges, den er damals mit seiner Mutter gegangen ist, liegt noch klar vor ihm: die Herrngasse entlang, durch den Burgtorturm, dann den Weg hinunter zur Tauber, danach rechts der Tauber entlang flussabwärts. In Träumen erscheint der Weg durch Rothenburg ihm noch, von Rauchschwaden und Flammen durchzogen, die verzweifelten Schreie der Kühe, Pferde und Schweine, die in den Flammen verenden, und das wilde Scheppern ihrer Ketten. Er vermischt sich aber in Dans Erinnerung mit der vorherigen Flucht aus Nürnberg nach der Bombennacht des 2. Januar 1945; verschmorte Fetzen, die die Flammen durcheinandergewirbelt haben. Das brennende Pferd, hatten sie das in Rothenburg oder Nürnberg gesehen? Die alte Frau im Schubkarren, das weinende Kind daneben? Für Dani war es die zweite Flucht, aber die dritte für seine Mutter. 1933 ist sie schon geflohen, aus Creglingen. Am 25. März wurden ihr Vater und 15 andere jüdische Bürger aus dem Gottesdienst heraus verhaftet, aufs Rathaus verschleppt und von einem SA-Kommando mit Stahlruten so geschlagen, dass er und ein Zweiter am selben Tag starben. Es waren die ersten jüdischen Toten unter der Naziherrschaft. Stern hieß er, Danis Großvater, und er hatte das größte Textiliengeschäft in Creglingen.

Dan läuft weiter auf der Plattform um den Turm, bis er wieder vor dem Ausgang steht. Er schaut noch einmal zu der Gasse hinüber, die er jetzt aufsuchen muss, da, zwischen der Ratsstube und der Konditorei Pretzel, genau.

Gelefenaulefau.

31. März 1945, 12 Uhr.

Danis Mutter erkennt den Textilienhändler. Er hat ihren Vater damals ins Haus gebracht, oder vielmehr das, was von ihm übrig war, vor die Tür geworfen. An seinen Händen klebte noch Blut. Ihre Mutter und sie haben ihn die ganze Nacht gepflegt, sie wird sein Gesicht nie vergessen, wie ein Klumpen blutiges Fleisch hat es ausgesehen, in Rot- und Lilatönen. In der Früh dann schlich er sich in den Tod.

»Und wo kommt ihr her?«, fragt er nun Frau Heuberger. »Euch habe ich hier noch gar nicht gesehen. Aber irgendwie kommen Sie mir bekannt vor.«

»Dalefas silefind Julefuden«, sagt Ilse und kichert.

»Das ist kein Spiel, Ilse«, flüstert Dani ihr zu. »Hör auf.«

Ilse zappelt auf seinem Schoß. »Doch ist es ein Spiel.«

»Was redest du dauernd für einen Schmarrn?«, fragt der Mann unwirsch.

»Du verstehst es bloß nicht«, sagt Ilse beleidigt. »Juden sind das.«

»So«, sagt der Textilienhändler. »Aha. Wenn das hier vorbei ist, gehe ich auf die Polizeïinspektion und zeig euch alle an. Drecksjuden und Drecksjudenfreunde. Kein Wunder, dass die Amis vor der Haustür stehen.«

»Halefalt ilefihr dilefie Olefohren zulefu«, sagt Danis Mutter, und Dani hält Ilses Ohren zu. Frau Heuberger steht auf, nimmt den Spaten, holt aus. Er streckt abwehrend seine Hände aus und brüllt wie ein Tier, als Danis Mutter auf ihn einschlägt, sein rechter Daumen hängt ganz komisch herunter, aber er greift nach dem Spaten und kann ihn ihr entreißen. Er springt auf, schubst sie nach hinten, sodass sie gegen den Sandeimer fliegt und ihn umkippt. Dann ein Geräusch, wie wenn Dani eine Holzkiste zu Feuerholz zerschlägt, und das Beil, das Frau Völkl in der Hand hält, springt wieder von seinem Kopf weg, hinterlässt aber eine klaffende Wunde, die seine Haare augenblicklich mit Blut tränkt. Er taumelt, sinkt auf die Knie, röchelt und fällt vornüber aufs Gesicht.

»Er kann nicht hierbleiben«, sagt Frau Völkl.

»Er kann nirgendwo bleiben«, sagt Danis Mutter.

Sie schauen sich an, dann sagt Frau Völkl: »Ich bringe die Ilse zu den Nachbarn und komme gleich wieder.«

Sie wickeln seinen Kopf in eine Decke, um das Blut einzudämmen, dann packen Dani und seine Mutter die Arme und Frau Völkl die Beine. Mühsam tragen sie ihn die Steintreppen vom Keller hoch und dann vor zur Holztreppe, die zum Dachboden führt.

Eine Faust erscheint am Mattglasfenster der Haustür und schlägt dagegen. »Ist da jemand drin? Sie müssen sofort raus. Das Haus brennt.«

»Gleich«, ruft Frau Völkl.

Die Faust verschwindet.

»Das schaffen wir noch«, sagt Danis Mutter.

Sie hieven ihn die Holztreppe hinauf. Rote Funken wehen von oben herunter, zweimal müssen sie die Leiche ablegen und sich abbürsten, damit ihre Kleider nicht Feuer fangen. Es wird immer heißer.

Auf dem Dachboden ist alles voller Rauch, sie sehen drei Feuerherde schimmern, von der rechten Dachseite fallen brennende Schindeln.

Eine Sparre fängt Feuer, dann eine zweite. Sie legen die Leiche in die Mitte des Raumes zwischen die Feuerherde.

»Und wenn doch nicht alles richtig abbrennt?«, fragt Frau Völkl.

Eine Sparre in Flammen kracht zusammen und kippt eine Ladung Ziegel in den Raum. Sie rennen wieder nach unten. Vom Dachboden werden die Brandgeräusche lauter.

»Jetzt müssen wir raus«, sagt Frau Völkl.

»Ja«, sagt Danis Mutter. »Dani und ich holen den Notkoffer und gehen.«

»Wohin?«

»Den Amerikanern entgegen.«

»Das wird das Beste sein«, sagt Frau Völkl. »Sie können ja nicht mehr weit weg sein. Hier fliegt ihr irgendwann auf. Immer an der Tauber entlang, flussabwärts. Aber überquert keine Brücken, die sind bewacht. Ich geb euch noch Brot mit und Kartoffeln.«

»Und das Mohrli?«, fragt Dani.

»Wir können ihn eh nicht mitnehmen«, sagt seine Mutter.

Und so entkommen Dani und seine Mutter in der ganzen Wirrnis. Alles strömt aus der Stadt in Richtung Osten, mit Schubkarren und Koffern, mit Kindern an der Hand. Der Rauch ist schon so dicht, dass man den Himmel nicht mehr sieht, teilweise sieht man nicht weiter als einen Meter. Sie gehen nach Westen, tasten sich an den Gebäuden entlang zum Marktplatz, wo der Rauch etwas nachlässt. Feuerwehrleute kämpfen gegen den Brand im Rathaus; der Marktplatz wie eine Schlangengrube, lauter Wasserschläuche. Die Flammen, die aus dem Dach schießen, spiegeln sich im Löschwasser auf den Pflastersteinen, sodass man meint, Feuer über und unter sich zu haben. In der Herrngasse ist alles noch intakt, sie laufen in den Burggarten und über die Treppe rechts ins Taubertal, raus aus der Stadt.

In den nächsten Tagen schlafen sie in Scheunen, auf Jägerhochsitzen, in Schäferkarren. Sie laufen in der Nacht, immer rechts der Tauber, und schlafen tagsüber. Als das Brot und die Kartoffeln von Frau Völkl gegessen sind, klauen sie in Bauernhäusern. Danis Mutter bringt ihm bei, was er sagen soll, wenn er als Erster den Amerikanern begegnet: »Ei em a Jew.«

»Ei em a Chew.«

»Jcw.«

»Jew. Ist das so was wie die Löffelsprache?«

»So was Ähnliches.«

Das Schneeballenparadies hat wieder geöffnet, und das Geschäft läuft auf vollen Touren. Nur Ilse sitzt immer noch auf dem Stuhl vor dem Eingang und schaut hinaus, als ob sie auf etwas wartet. Von hier aus hat sie den Überblick über die Gäste, die hereinkommen, über die Gasse draußen, einen Blick bis hinunter zum Marktplatz und dahinter auf das Rathaus und den Rathausturm, von dem aus ihr vorhin jemand zugewunken hat, wie es schien.

Und da kommt er schon, ein alter Mann im Karohemd und mit Baseballkappe, direkt auf den Laden zu. Er schaut nach oben, macht die Tür auf, kommt herein, bleibt vor Ilse stehen.

Sie sagt: »Selefervulefus Dalafanilifi.«

»Bist du es, Ilse?«, fragt Dani.

»Klar. Ich warte schon den ganzen Tag auf dich.«

»Es hat ein bisschen gedauert.«

»Ja. 73 Jahre.«

Dan streckt ihr die Hand entgegen, aber sie steht auf und umarmt ihn. Sie reicht ihm gerade bis zur Brust. Dann schiebt sie ihn ein Stück weg, und sie halten sich an den Ellbogen fest.

»Du hast dich gar nicht verändert«, sagt er.

»Und du bist ein richtiger Ami geworden.«

»Yeah. An all-American boy. Ist das hier die alte Bäckerei?«

»Klar.«

»Und jetzt sag mir: Hat deine Mutter den Krieg überlebt?«

»Ja.«

»Gott sei Dank.«

»Sie ist erst 1980 gestorben. Und deine Mutter?«

Man kann Geheimnisse verraten, aber Geheimnisse können auch einen Menschen verraten. Eines Tages auf ihrer Flucht in der Früh, sie haben sich gerade erst in einer Scheune hingelegt und mit Stroh zugedeckt, geht das Tor

quietschend auf, und zwei amerikanische Soldaten schau-
en herein. Schlaftrunken wacht Dani auf und versucht,
sich daran zu erinnern, was er sagen soll. »Ilefich bilefin
eilefein Julefude«, ruft er. Einer der Soldaten richtet sein
Gewehr auf ihn, aber der andere drückt den Gewehrlauf
weg. »It's just a kid«, sagt er.

Neben ihm regt sich seine Mutter und schüttelt sich vom
Stroh frei.

»Watch out, there's another one!«, ruft einer. Am Tag
vorher sind bei Tauberbischofsheim drei Männer ihrer
Truppe von SS-Soldaten erschossen worden. Alle wollen
die letzten Kriegstage überleben, und keiner ist bereit, ir-
gendein Risiko einzugehen. Beide schießen auf die unde-
finierbare Figur in Latzhose, die sich gerade vom Stroh
befreit. Danis Mutter ist sofort tot. Er kommt zuerst in ein
DP-Lager in Wildbad, dann wird er von einer Familie in
den USA adoptiert.

Dan überlegt kurz. »Meine Mutter hat's überlebt«, sagt er.

»Ach, das freut mich«, sagt Ilse. »Und er hat's auch überlebt. Er ist am nächsten Tag wiedergekommen.«

»Wer?«

»Er muss durch ein Wunder dem Feuer entkommen
sein.«

»Der Textilienhändler?«

»Welcher Textilienhändler?«

»Ach, du meinst das Mohrli.«

»Natürlich. Und jetzt probierst du mal einen Schneeballen.«

Johannes Wilkes

Summer in the city

Jetzt auch noch der Bahnhofsplatz! Drei volle Ladungen rutschten von den Kippbrücken der Laster, dann war alles unter Sand begraben. Den Reisenden, die aus dem Bahnhofsgebäude traten, bot sich ein verrücktes Bild: Man meinte, direkt am Strand gelandet zu sein. Studentische Hilfskräfte hatten den Sand mit Schippen und Rechen ordentlich verteilt und überall Strandliegen und Sonnenschirme aufgestellt, ein fröhliches, buntes Durcheinander.

Alles hatte seinen Ausgang am Schlossplatz genommen. Wie in den vergangenen Sommern hatte man dort den Schlossstrand aufschütten lassen, um daheimgebliebenen Erlangern Urlaubsgefühle zu bescheren. Auch in den zurückliegenden Jahren war der Schlossstrand gut angenommen worden, dieses Jahr aber brach er alle Rekorde. Durch Mund-zu-Mund-Propaganda, mehr aber noch durch Fotos in den sozialen Netzwerken wurden immer mehr Menschen angelockt. Der Platz vor dem Schloss reichte bald nicht mehr aus, und um allen die Teilnahme am lustigen Strandleben zu ermöglichen, hatten die Stadtverantwortlichen Anträgen auf Ausweitung des Schlossstrandes zugestimmt. Zunächst hatte sich die Sandlandschaft auf den angrenzenden Marktplatz ausgedehnt, dann in die benachbarten Straßen und Gassen hinein, die Fußgängerzone entlang über den Hugenottenplatz hinweg und weiter noch bis zu den Arcaden. Selbst im Schlossgarten sah man bereits die ersten Dünen emporwachsen.

Natürlich hatte es auch Proteste gegeben. Viele Bürger regten sich darüber auf, was da mit ihrer Stadt geschah, sonst wäre Erlangen auch nicht Erlangen. Mancher sprach gar von einer »Mallorcisierung« der kompletten Innenstadt. Ob man Erlangen völlig versanden lassen wolle? Da jedoch der Rat der Stadt, so er sich nicht im Urlaub befand, selbst zu den begeistertsten Strandbesuchern gehörte, stießen solche Klagen auf taube Ohren, zumal alles in gesitteter Weise ablief und man keinesfalls von einem neuen Ballermann sprechen konnte.

Eine eigenartige Mischung aus Strandfröhlichkeit und mediterranen Glücksgefühlen stellte sich bei den Besuchern ein, überall sah man lächelnde Gesichter, was sicher zum Teil an der herrlich weißen Sandlandschaft lag, mehr jedoch und eigentlich aber an dem wunderbaren Bier, das eigens für den Erlanger Schlossstrand gebraut wurde: der Hugenator! Das einzigartige Sommerbier gab es nur am Erlanger Stadtstrand, ein Hopfensaft, der süchtig machte. Er passte perfekt zu sonnigen Strandgefühlen, ja, manche behaupteten, die perfekte Illusion des Strandes würde sich erst durch den Genuss des Hugenators einstellen. Schließe man die Augen, würde aus dem müden Plätschern des Paulibrunnens die schönste Meeresbrandung, aus dem Gurren der Tauben das Geschrei wilder Möwen und aus der drallen Frau Ochs in der Liege nebenan die hübscheste Strandmieze.

Zwei junge Männer waren die Väter des Erfolgs. Die beiden hatten sich zusammengetan und eine kleine Privatbrauerei gegründet. Tief im Burgberg, in den alten Kellergängen, die einmal der Bierlagerung gedient hatten, hatten sie die Sudstätte errichtet, wo sie ihren Hugenator brauten. Das heißt, der eigentliche Brauer war Marco Morschreuther, von allen nur Morschi genannt. Sein Kumpel Torsten Lang, Student der Betriebswirtschaft, kümmerte sich um Ausschank und Marketing. Von dem Erfolg ihres Geschäftsmodells waren die beiden Jungunternehmer selbst überrascht, und sie taten, was sie konnten, damit keine Kehle trocken blieb.

Auf nach Erlangen! So schallte es bald im ganzen Frankenland. Von überallher strömten die Menschen herbei, um sich einen schönen Strandtag zu gönnen. Die Deutsche Bahn erwog sogar den Einsatz von Sonderzügen, um dem Andrang Herr zu werden. Immer neue Lastwagen mit Bergen feinsten Meeressandes rollten heran und verwandelten die Hugenottenstadt mehr und mehr in eine Strandmetropole, deren Ausläufer sich im Norden bald bis nach Bubenreuth und im Süden bis nach Bruck erstreckten. Fliegende Beachvolleybälle, in Sandburgen spielende Kinder und die entspanntesten Gäste. Konnte es ein schöneres Urlaubsparadies geben?

Doch dann graute der Morgen des 10. August. Gunda hatte ihn zuerst entdeckt. Wie jeden Samstagmorgen wollte die resolute Marktfrau ihren Stand neben der Stadtbibliothek aufbauen, an dem sie jetzt Eis statt Gemüse anbot, als ihr der leblose Mann in der blauen Sommerliege auffiel. Ihr erster Gedanke war, dass da wohl jemand seinen Rausch ausschlief, bei näherem Hinsehen aber kamen ihr Zweifel, die sich noch steigerten, als sie ihn kräftig an der Schulter rüttelte, der Mann jedoch keine Anstalten machte aufzuwachen. Als sie daraufhin nach seinen schlaffen Händen griff, um ihm aufzuhelfen, merkte sie, wie der Körper von einem geheimen Widerstand zurückgehalten wurde. Sich niederkniend und unter die Liege schauend kam sie dem Geheimnis auf die Spur: Das Tuch der Liege war mit einem Messer im Rücken des Mannes festgetackert. Gunda erbleichte.

»Torsten Lang, der Geschäftsführer des Hugenator-Bräus?«

»Exakt. Der Stich ging von hinten durch die Lunge und hat auch noch den Herzbeutel gekitzelt. Sekundentod.«

In seltsamem Kontrast zu dem massiven Seziertisch stand parallel daneben die grazile Strandliege. Man hatte den Toten mitsamt der Liege durch den Schlossgarten in die nahe Pathologie getragen, erstens wegen der Kürze des Weges und zweitens, um die Spurensicherung zu vereinfachen, denn sonst hätte man das Messer vor Ort aus dem Körper ziehen müssen. Neben Professor Krautwurst, dem Rechtsmediziner des Universitätsklinikums, einem Mann von brillanter Intelligenz, stand Hauptkommissar Mütze und sah zu, wie der Mediziner dem Toten entschlossen den Brustkorb spreizte.

»Die dunklen Verfärbungen an den Lungenflügeln sprechen für einen starken Raucher.«

»Rauchen kann tödlich sein«, witzelte Mütze.

»Ein Messer bisweilen auch«, sagte der Professor und deutete auf die blutverschmierte Tatwaffe, die in einem verchromten Nierenschälchen lag.

Mütze musste lange klopfen, bis ihm endlich aufgemacht wurde. Schließlich bewegte sich die massive Brettertür, die den Eingang zum Bierkeller verschloss, und mit ängstlichem Blick lugte ein junger Mann durch den Spalt.

»Herr Morschreuther? Kommissar Mütze, Kripo Erlangen.«

»Gut, dass Sie kommen, Herr Kommissar«, sagte der Brauer erleichtert und ließ Mütze eintreten.

Es roch kühl und modrig. Neonröhren, die an der Decke angebracht waren, begleiteten einen feuchten Gang tief in den Berg hinein. Der Braumeister ging voraus, Mütze folgte ihm. Nach etwa fünfzig Metern erweiterte sich der Gang zu einer großen Höhle, in der ein Braukessel stand. In einem Seitengang waren in wildem Durcheinander lauter Stahlfässer gelagert.

»Furchtbare Sache, Herr Kommissar«, sagte Morschi und führte Mütze zu einem niedrigen Tisch in einer Nische, die offensichtlich als Büro diente. »Ich sage Ihnen, da ist ein eiskalter Killer unterwegs. Hätten wir die Warnungen nur ernst genommen! Sehen Sie selbst.«

Er hielt Mütze sein Handy hin und ließ eine SMS aufflammen. »Macht euren Laden dicht, sonst machen wir euch kalt!«, stand dort zu lesen.

»Ich flehe Sie an, finden Sie den Kerl!«

»Von wem ist das?«, fragte Mütze.

»Ich habe keine Ahnung. Ist anonym verschickt worden, gestern erst.«

»Herr Morschreuther, haben Sie Feinde?«

»Feinde? Nein, nicht dass ich wüsste. Neider natürlich schon, jede Menge sogar. Aber dass jemand zu einem Mord fähig wäre, hätten wir niemals gedacht.«

»Natürlich nicht«, erwiderte Mütze und stand auf, um zu gehen.

»Herr Kommissar?«, sagte der Brauer erregt und fasste Mütze beim Arm.

»Ja bitte?«

»Können Sie mich unter Polizeischutz stellen?«

Wer die Neider waren, lag auf der Hand. Denn so sehr sich die Franken für den Erlanger Schlossstrand begeisterten, so heftig beschwerten sich die umliegenden Urlaubsregionen. Überall tote Hose. Das Fränkische Seenland? Nur einsame Karpfen zogen dort noch ihre schlammigen Runden. Die

Fränkische Schweiz? Vor Tagen ein letztes Rentnerpärchen auf einem Wanderweg, das war's. Die lauschigen Bierkeller ringsherum? Verwaist bis auf die Spatzen. Kein Wunder, dass gesalzene Protestmails die Computer der Erlanger Stadtverantwortlichen zum Glühen brachten. Eine miese Abwerbe sei das, eine unverantwortliche Schweinerei! Erlangen solle nur aufpassen. Die Wut entlud sich, und sie entlud sich heftig.

Zuerst kam sich Karl-Dieter etwas komisch vor. Sich neben dem nüchternen Gebäude der Stadtsparkasse auf künstlich aufgeschüttetem Sand auszustrecken – wie sollten da Urlaubsgefühle aufkommen? Zumal der Tag bewölkt war und es nach Regen aussah. Als der Bühnenarbeiter jedoch einen Schluck Hugenator probiert hatte, verklärte sich sein Blick. Eigentlich war Karl-Dieter ja kein Biertrinker, als Mann der Kultur war er ein Freund edler Weine. Dieses Gesöff aber, dieser Hugenator, war etwas Besonderes, das musste er zugeben. Plötzlich wirkte der Himmel viel lichter, und die Luft begann nach Salz und Meer zu schmecken. Schloss man die Augen und blinzelte dann leicht durch die Wimpern, verwandelten sich die öden Klohäuschen auf dem Hugenottenplatz in karibische Basthütten, der furchtbare Kasten der Sparkasse wurde zu einem Florentiner Stadtpalast, und der Turm der nüchternen Hugenottenkirche zu einem schlan ken Leuchtturm. Karl-Dieter prostete Mütze zu, der in der Liege neben ihm lag, und räkelte sich mit einem angenehmen Seufzer. So ließ es sich aushalten!

Auch Mützes Laune begann sich zu bessern, obwohl der Tag ziemlich frustrierend verlaufen war. Wie sehr hatte der Kommissar die Unterbrechung der langweiligen Routine begrüßt, endlich mal wieder ein anständiger Mord! In diesem Fall aber schien nichts voranzugehen. Kein Zeuge hatte sich gemeldet, niemand, der etwas Verdächtiges beobachtet, der Torsten Lang in Begleitung gesehen hätte. Das Einzige, was sie herausgefunden hatten, war, dass der Geschäftsführer des Hugenator-Bräus noch seine Tagesabrechnung im unterirdischen Büro des Braukellers gemacht hatte. Dann war er Richtung Stadt spaziert, so gegen Mitternacht. Ganz genau hatte es sein Kumpel Morschi nicht mehr sagen können, er hätte dringend wieder an den Braukessel gemusst. Professor Krautwurst hatte den Todeszeitpunkt auf drei bis fünf Uhr in der Früh datiert. Was Torsten Lang in der Zwischenzeit gemacht und wo er sich aufgehalten hatte, blieb ein Rätsel.

Natürlich hatte man sich im Rathaus die Liste derjenigen geben lassen, die gegen den Schlossstrand Sturm liefen, und Mützes Kollegen waren ausgeschwirrt, um die Liste abzuarbeiten. Die berüchtigte Suche nach der Nadel im Heuhaufen. Wenn es gelänge, die Herkunft der SMS zurückzuverfolgen, das wäre etwas anderes! Doch selbst Big-Chip, Mützes Kollege mit dem Computer-Gen, hatte die Waffen gestreckt. Der Absender musste eine raffinierte Verschlüsselungssoftware benutzt haben. Auch sonst blieb die Spurenlage mager. Nicht ausgeschlossen erschien ein Raubmord. Das Handy des Toten blieb verschwunden, und auch seine Geldbörse. Die Mutter des Toten, bei der der Student noch gewohnt hatte, befand sich auf Reisen und würde erst morgen wieder in Erlangen eintreffen. Vergeblich hatten sie versucht, sie per Handy zu erreichen.

»Prost, Mütze!«

»Prost, Karl-Dieter!«

Nicht weit von ihnen entfernt, dicht bei der von Wasser umspielten Granitkugel, lagen zwei Herren mit gelben

Schirmmützen und sogen an ihren Limonadenfläschchen. Hätten sie keine Sonnenbrillen getragen, hätte man bemerkt, welch missmutige Gesichter sie zogen. Nichts, aber auch gar nichts gefiel ihnen an diesem Strandtrubel.

Als Karl-Dieter am nächsten Morgen erwachte, spürte er, dass ihm etwas fehlte. Erschöpft wälzte er sich auf die andere Seite. Keine Frage, er hatte den Blues. Obwohl heute der große Moment gekommen war, dem Theaterteam sein neues Bühnenbild zu präsentieren, eine gigantische Blütenpracht für Tschechows *Kirschgarten*, den man in der nächsten Saison geben wollte, war die Vorfreude wie weggeblasen. Dabei war sein Trick, die Blütenblätter zu Boden schweben zu lassen, bis sie die ganze Bühne bedeckten, einfach genial. Die Schauspielerin, die die Anja spielte, die Tochter der Gutsbesitzerin, musste nur eine kleine Drohne aufsteigen lassen. Die kleinen Propeller würden für so viel Wind sorgen, dass der schönste Blütenwirbel entstand. Schwerfällig erhob sich Karl-Dieter. Warum freute ihn das nicht mehr? Das Einzige, was ihn belebte, war die Aussicht, am Abend wieder auf den Erlanger Schlossstrand zu gehen. Wie glücklich er dort gewesen war! Was für eine zauberhafte Nacht hat er an der Seite von Mütze in seiner Strandliege verbracht! Erst um elf Uhr, als der Strand schloss und man die Lichter löschte, waren sie nach Hause gefahren, nach Kosbach, zu ihrer gemütlichen Wohnung. Karl-Dieter gähnte und schlurfte in die Küche, um den Frühstückstisch zu decken. Er würde den Tag schon rumkriegen. Wenn es doch schon Abend wäre ...

Auch Mütze wälzte sich mühsam aus dem Bett und setzte sich schweigend zu Karl-Dieter, der ihm eine Tasse Kaffee einschenkte. Wo nur sollte er ansetzen? Torsten Lang hatte sich nicht zur Wehr gesetzt, der Angriff musste ihn völlig unvermutet getroffen haben. Entweder, der Brauereimanager hatte auf dem Weg vom Burgberg in die Stadt noch einen Bekannten getroffen, mit dem er sich zu einer mitternächtlichen Siesta niedergelassen hatte, und der Bekannte hatte unvermutet und ohne Vorwarnung zugestochen. Oder ein Unbekannter hatte sich heimlich von hinten angeschlichen.

»Oder es war ein Bekannter, der sich heimlich von hinten angeschlichen hat«, ergänzte Karl-Dieter.

»Sehr scharfsinnig, Herr Hilfskommissar.«

Mütze war nicht zu Späßen aufgelegt und schüttete verdrossen seinen Kaffee hinunter.

»Sehen wir uns am Abend am Schlossstrand?«, fragte Karl-Dieter, während sich Mütze seine Schimanski-Jacke überzog.

»Schauen wir mal.«

Als Mütze über den Dechsendorfer Damm Richtung Innenstadt fuhr, fluchte er. Er musste einen Umweg nehmen, denn eine Kolonne von Lastern war gerade dabei, die Pfarrstraße in einen Strandweg zu verwandeln. Ein Bulldozer griff kräftig in die Sandberge und schob sie die Straße hinunter. Nahm das denn kein Ende? Wollte man die Partyzone bis zum Regnitzufer erweitern? Auch der Tod des Managers schien das Erfolgsmodell nicht aufhalten zu können. Das Bier war aber auch wirklich eine Klasse für sich. Dabei hatte der erste Schluck durchaus gewöhnungsbedürftig geschmeckt, beim zweiten Schluck aber hatte Mütze anerkennend genickt, und nach dem dritten Schluck sogar mit der Zunge schnalzen müssen. Es war wie mit dem

Rauchbier aus Bamberg. Der Genuss entwickelte sich erst mit einer kleinen Verzögerung, dann aber umso gewaltiger. Mütze zwang sich, nicht mehr an das Bier zu denken. Schon spürte auch er, wie er den Abend herbeisehnte.

Mit einem Schlenker erreichte Mütze den Lupinenweg in Sieglitzhof. Tief in einem dunklen Garten lag das Häuschen, in dem Torsten Lang mit seiner Mutter gewohnt hatte. Torstens Vater sei vor Jahren bei einem ungeklärten Verkehrsunfall verstorben, hatte sein Kumpel Morschi erzählt.

Eine gebrechliche Dame öffnete Mütze und wischte sich über die verweinten Augen.

»Mütze, Kriminalpolizei. Darf ich reinkommen?«

Auf dem Sofa im Wohnzimmer saß eine junge Frau, die ebenfalls völlig verheult aussah.

»Das ist Sabine, Torstens Freundin. Darf sie bleiben?«

»Natürlich, sehr gerne«, sagte Mütze. Er war überrascht. Von einer Freundin hatte ihm niemand berichtet, auch Morschi nicht.

»Ich hab es selbst nicht gewusst«, schluchzte die Mutter, »Torsten hat mir nichts davon erzählt.«

Frau Lang schüttelte den Kopf, als Mütze fragte, was Torsten in der Mordnacht gemacht hatte, und auch seine Freundin konnte nichts dazu sagen. Nur von einer Whatsapp berichtete sie stockend. Torsten habe sie gegen zwei Uhr losgeschickt, sein letztes Lebenszeichen.

»Darf ich mal sehen?«, fragte Mütze.

Sabine griff nach ihrem Smartphone und wischte eine Nachricht herbei. Mütze nahm das Handy entgegen.

»Geh schlafen«, stand dort geschrieben, »muss hier noch was klären.« Dann folgte ein Kussmundgesicht mit roten Bäckchen und eines mit einem breiten Lachen. Wie viele

Lachgesichter wurden wohl verschickt, ohne dass dem Absender zum Lachen zumute war?

»Die Spurensicherung wird gleich kommen«, sagte Mütze. »Darf ich zuvor schon einen Blick in das Zimmer Ihres Sohnes werfen?«

Sie betraten das klassische Zimmer eines jungen Mannes. Es wurde von einem großen Bildschirm beherrscht, der mehrfach verkabelt und mit schwarzen Plastikgeweihen verbunden war, ein bequemer Sessel stand vis-à-vis. Neben dem Fenster lag auf einem kleinen Tischchen ein Laptop. Um den würde sich Big-Chip kümmern. Mütze wollte das Zimmer gerade wieder verlassen, als sein Handy klingelte. Professor Krautwurst war dran.

»Den Raubmord können wir in die Tonne stampfen.«

»Wieso das?«

»Wegen des Messers.«

»Wieso kein Raubmord?«, fragte Karl-Dieter interessiert. Es war Abend geworden. Die beiden Freunde lagen wieder auf dem Schlossstrand und schlürften gierig ihren Hugenator. Dieses Mal hatten sie sich für den frisch versandeten Theaterplatz entschieden, hier war es noch nicht so voll wie anderswo.

»Die Tatwaffe ist ein Chroma Gyuto.«

»Ein was?«

»Ein Chroma Gyuto, der Mercedes unter den Küchenmessern. Das Ding kostet gute viertausend Euro. Wer mordet wegen eines Handys und eines Geldbeutels, um dann sein Viertausend-Euro-Messer stecken zu lassen?«

Google hatte Bescheid gewusst. Das schärfste Messer der Welt, japanischer Carbonstahl, mehrfach geschmiedet. Das

Ding glitt wie von selbst durch das härteste Material. Im Internet fand sich ein Filmchen, in dem jemand sein Handy wie ein Stück Butter zerschnitt. Viel Kraft hatte der Täter nicht aufwenden müssen.

»Also kommt auch eine Frau infrage.«

»Jedes Kleinkind.«

Eine erste Spur, immerhin. Wer besaß schon solch ein Messer? Üblicherweise nur ambitionierte Köche. Vielleicht führte der Hersteller eine Kundenliste. Oder seine Vertriebspartner. Big-Chip wollte sich darum kümmern. Eventuell würde man auch an die Öffentlichkeit treten. Doch Schluss mit solchen Gedanken, jetzt war Feierabend! Die Freunde stießen an. Wie wunderbar war es, am Strand zu liegen! Dennoch entfuhr Karl-Dieter ein kleiner Seufzer.

»Was ist?«, fragte Mütze.

»Ach, ich habe nur an den armen Toten denken müssen«, meinte Karl-Dieter, »da macht er all diese Menschen mit seinem Strandbier glücklich und muss selbst in der Kiste liegen.«

Während Karl-Dieters Melancholie mit dem nächsten Schluck schon wieder verflog und Mütze mit einem für ihn ungewöhnlich seligen Lächeln Sand durch seine Hände rieseln ließ, stampften hinter ihrem Rücken zwei Herren über den Theaterplatz. Grimmig hatten sie sich ihre gelben Schirmmützen in die Stirn gezogen. Sie würden dem Spuk ein Ende machen, koste es, was es wolle!

Das ging so nicht weiter! Er würde noch zum Alkoholiker werden. Karl-Dieter klatschte sich eine Ladung kaltes Wasser ins Gesicht. So musste es sich anfühlen, wenn man eine Sucht entwickelte. Diese Trübsal, diese Leere am Morgen. Wenn einen nur noch der Gedanke an das nächste Glas aufrecht hielt. Konnte man so schnell abhängig werden? Mütze hatte ihn ausgelacht, wenngleich sein Lachen etwas künstlich geklungen hatte. Doch nicht von zwei, drei Bierchen! Warum aber dann dieser Durst nach mehr? Der Hugenator schmeckte verteufelt gut, zugegeben. Und doch konnte es nicht am Geschmack alleine liegen. Karl-Dieter hatte schon die besten Champagner probiert, niemals jedoch ein solches Verlangen entwickelt. Da stimmte doch was nicht. Es hieß, der Hugenator enthalte sogar weniger Alkohol als gewöhnliches Bier. Ob das gelogen war? Man müsste der Sache auf den Grund gehen.

Karl-Dieter verabschiedete sich von Mütze. Mit dem Schlossstrandbesuch würde es heute nichts werden, vielleicht war das gut so. Der Förderverein des Theaters hatte sich für den Abend angekündigt, Karl-Dieter sollte seine Kirschblüten schneien lassen, hatte sich die Intendantin gewünscht.

»Sponsorenpflege«, seufzte Karl-Dieter.

Tiefe Nacht über Erlangen, tiefere Nacht noch über Kosbach. Mütze sperrte müde die Wohnungstür auf, warf seine Jacke auf die Couch und ging zum Kühlschrank. Was hätte er jetzt für einen Hugenator gegeben! Doch den gab's nur frisch vom Fass in der Stadt. Dann eben ein Pilsken, besser als nichts. Der Tag hatte zwar ein paar neue Erkenntnisse erbracht, letztlich jedoch nicht die entscheidende Spur. Ob er deshalb so zerknirscht war? Er hatte ein zweites Mal mit Sabine gesprochen, der Freundin des Toten. Ihre Beziehung habe Torsten auf ihren Wunsch geheim gehalten, weil ihr früherer Freund Bernd ein übler Stalker sei. Bernd aber hatte ein Alibi, jedenfalls schwor ein Zockerfreund Stein und Bein, mit ihm in der Mordnacht bis in die Puppen

FIFA 2000 gespielt zu haben. Big-Chip hatte währenddessen den Namen von drei Käufern des japanischen Messers ermitteln können, zwei fränkische Sterneköche und einen fränkischen Fußballstar aus Grafenaurach, der ein kleines Geschenk für den Muttertag gesucht hatte. Alle hatten ihre Edelklingen stolz präsentieren können. Nun recherchierte Big-Chip im Darknet weiter, auch den Computer des Toten nahm er sich vor. Mütze leerte lustlos die Flasche und sah auf die Uhr. Kurz nach Mitternacht. Wo Karl-Dieter nur blieb? In diesem Moment schrillte sein Handy.

»Morschreuther hier«, flüsterte es kaum hörbar, »kommen Sie schnell, ich flehe Sie an, Herr Kommissar! Ich bin im Berg, jemand ist hinter mir her, ich hab gerade noch das Licht löschen können.«

Mütze sprang in seinen Manta und gab Gummi. Fünf Minuten später war er am Burgberg. Die Brettertür zum Eingang des Kellers war nur angelehnt, kalt leuchteten die Neonröhren den feuchten Gang aus, der in die Tiefe des Berges führte. Mütze hielt den Atem an. Es war vollkommen still. Leise schlich er vorwärts. Mit jedem Schritt wurde es kühler. Keine Spur von Morschi. Hielt sich der Brauer versteckt, oder hatte der Mörder ihn schon erledigt? Mütze glitt dicht an der kalten Mauerwand entlang und griff zugleich nach seiner Knarre. Er war an der Stelle angelangt, an der sich der Gang zu einer Höhle erweiterte. Tatsächlich, hier waren alle Lichter gelöscht, nur eine trübe Funzel flackerte an der Höhlendecke. Mütze streckte seinen Kopf vorsichtig ums Eck und tastete zugleich die Wand ab. Im linken Teil der Höhle glänzte etwas. Das musste der kupferne Braukessel sein. Mütze versuchte sich zu orientieren. Nebenan war der Seitengang mit den aufeinandergetürmten Fässern, gleich daneben befand sich die Nische mit dem improvisierten Büro. Wo steckte Morschi?

Entschlossen sprang Mütze einen Schritt nach vorn, die Waffe im Anschlag. »Polizei!«, rief er und hieb mit der Linken auf den Lichtschalter. Gleißend helle Scheinwerfer flammten auf. Hinter seinem Schreibtisch krabbelte Morschi hervor, käsebleich, und stolperte zu Mütze hinüber. Im selben Moment ertönte ein ohrenbetäubender Lärm. Die Fässer! Die Fässer rollten los! Quer durch die Halle schepperten sie, direkt auf Mütze und Morschi zu. Im letzten Moment konnte Mütze den Brauer packen und um die Ecke ziehen, dann donnerte die Lawine an ihnen vorbei. Zugleich drang ein unterdrückter Schmerzensschrei aus dem Seitengang. Mütze sprang geduckt um die Ecke und richtete seine Waffe in die Richtung, aus der der Schrei gekommen war: »Rauskommen, aber dalli!« Mit fuchtelnden Armen humpelte eine Gestalt aus der Dunkelheit. Karl-Dieter.

»Lass ihn nicht entkommen, Mütze«, rief er stöhnend und rieb sich mit schmerzverzerrtem Gesicht sein rechtes Knie, »Morschi ist der Mörder!«

Mütze drehte sich um und stürzte an den Fässern vorbei dem Brauer hinterher. Kurz bevor Morschi ins Freie entwischen konnte, warf er ihn zu Boden.

»Bitte! Nur einen letzten Schluck.«

»Kommt nicht infrage.«

Langsam, aber entschlossen begann Karl-Dieter, das Bier aus dem Probekrug hinter der Bank in den Sand zu gießen.

»Spaßbremse«, brummte Mütze.

»Schöner Spaß!«

»Und deine Chemikerin ist sich sicher?«

»Hundertprozentig! Sie ist die Vorsitzende unseres Fördervereins, eine feine Dame und fachlich eine große Nummer.«

»Wie nennt sie die Droge noch?«

»Hordenin. Echt der Hammer. Dockt im Gehirn an und aktiviert die Glücksrezeptoren. Wirkt sogar länger und stärker als das körpereigene Dopamin. Ist schon in normalem Bier enthalten, haben Erlanger Forscher vor Kurzem herausgefunden. Morschi hat's dem Hugenator in tausendfacher Konzentration beigemischt. Das ist das Geheimnis seines Biers.«

»Deshalb die Wirkung.«

»Deshalb der Erfolg des Schlossstrands. Alle auf dem Hordenin-Trip. Mit dem kleinen Problem der sofortigen Abhängigkeit.«

Mütze und Karl-Dieter hoben die Füße. Ein Mann mit oranger Weste fegte unter ihrer Bank den Sand zusammen. Überall in der Stadt wurde aufgeräumt. Trübe Szenen spielten sich ab. Zitternde Besucher mit irrem Blick, die trotz aller polizeilichen Bekanntmachungen nach Erlangen gekommen waren, suchten verzweifelt nach einem Stand, an dem noch Hugenator ausgeschenkt wurde, vergeblich jedoch, alle Stände waren längst geschlossen. Auf den Plätzen standen Sanitätszelte, um die Menschen von den schlimmsten Entzugssymptomen zu befreien. Die Einzigen, die vergnügt wirkten, waren zwei Männer mit gelben Schirmmützen. Fröhlich verteilten sie ihre Prospekte, Werbematerial für das Fränkische Seenland und einen unbeschwerten Sommer in der Fränkischen Schweiz.

»Torsten Lang kam hinter Morschis Trick und war entsetzt. Morschi lud ihn zu einer Aussprache auf den Schlossstrand ein und jagte ihm das Messer zwischen die Rippen. Zum Glück hat er wegen deines Fundes sofort gestanden, auch, woher er das Messer hatte.«

»Woher denn?«

»Von einem japanischen Gastingenieur. Für ein Fässchen Hugenator außer der Reihe.«

»Kein schlechtes Geschäft.«

»Warum zum Teufel hast du mich nicht angerufen, Karl-Dieter? Wie konntest du so verrückt sein, allein in den Keller zu gehen?«

»Hab doch nicht ahnen können, dass Morschi noch bei der Arbeit ist. Ich wollte dich nur mit nem Fläschchen Beweismittel überraschen. Du hast doch morgen Geburtstag.«

»Und warum wolltest du mich dann mit den Fässern umbringen?«

»Mensch Mütze, das war ein Versehen! Als ich den Brauer in der Nische sitzen sah, hab ich mich gerade noch hinter dem Fässerberg verstecken können. Dort lag der Karton herum, die Verpackung mit der Aufschrift *Chroma Gyuto*. Kannst dir vorstellen, wie ich in Panik geriet. In dem Moment war ich mir sicher, wer der Mörder war. Dann ging auch noch das Licht aus. Als ich deine Stimme hörte, wollte ich so schnell wie möglich aus meinem Versteck heraus. Ich konnte doch nicht ahnen, dass die Dinger gleich losrollen.«

»Komm, lass mir noch einen winzigen Schluck zum Anstoßen.«

»Zu spät!«, lachte Karl-Dieter und ließ die letzten Tropfen Hugenator zu Boden fallen.

Tommie Goerz

Umkleide 36

»Das kann nicht wahr sein!« Schneider pfiff ungläubig
durch die Zähne. Vier Augenpaare, seines mit eingeschlos-
sen, beugten sich über die flache Grube, die beim Abraum
der alten Bodenbretter und der darunter liegenden Schüt-
tung entstanden war. Schneider war, wie zwei der anderen auch, Mitglied im Förderverein Familienschwimmbad
Streitberg e. V., und sie hatten sich, zusammen mit weiteren Mitgliedern des Vereins, am zweiten Samstag im April traditionell in »ihrem« Museumsbad getroffen, um die
Überbleibsel des letzten Sommers sowie die Schäden des
Winters zu beseitigen. Das Bad auf die neue Saison vorzu-
bereiten. Altes Laub war da zusammenzurechen, Gras aus
den Kieswegen zu rupfen, die Betongestelle der Sitzbänke
genauso wie die Pfosten der Beckenabgrenzungen neu zu
weißeln, die Heckenfüße von Abfall – Eis- und Bonbonpa-
pieren, Getränkedosen, Plastiktütenfetzen etc. –, der sich
dort verfangen und angesammelt hatte, zu befreien und das
Gestrüpp an den Hängen hinunter zur Wiesent, das sich jedes Jahr wieder ausbreitete, auszureißen und für den Ab-
transport zusammenzutragen. Außerdem mussten die Risse
im Schwimmbecken wieder irgendwie abgedichtet und ge-
strichen werden. Leuchtend blau lag das leere Becken da.
Sie waren viele heute, etliche mehr als in den Jahren zuvor,
und die Arbeit war fast schon knapp geworden. So hatten sie
sich, die Vereinsmitglieder Schneider, Haubold und der fette Lippert sowie Francke, ein Freund der drei und ebenfalls
Fan des alten Schwimmbades, weil sonst nichts mehr zu tun
war, an den Abriss mehrerer Umkleidekabinen gemacht, die

noch in diesem Jahr originalgetreu und gemäß den Vorgaben des Denkmalschutzes fachmännisch erneuert werden sollten. Die alten Umkleiden waren nicht mehr zu retten gewesen, waren morsch und verfault und standen schon ganz schief, dem Hang zugeneigt, mit Dächern, deren zig Lagen zerrissener und immer wieder geflickter Dachpappe die wildesten Muster bildete. Auch die Holzabschlüsse zum Boden hin waren weggefault. Die Kleiderhaken aus der Ursprungszeit des Bades, die Türbeschläge, Schließmechanismen, Kabinennummerierungsschilder: Alles, was original noch aus der Errichtungszeit des Bades stammte und für die neuen Holzbauten wiederverwendet werden sollte und musste, war längst abmontiert und befand sich beim Restaurator.

Schneider erinnerte sich an Kindertage, die er in Bädern wie diesem verbracht hatte. In Pottenstein drüben, in Muggendorf, Ebermannstadt oder Gräfenberg. Und auch am Fluss, an der Wiesent. Der Duft von Holzkabinen in der heißen Sommersonne. Die Astlöcher in den Trennwänden, die der Bademeister immer wieder mit kleinen Blechstreifen vernagelte, die aber ganz leicht abzuhebeln waren. Das Herzklopfen, unbeschreiblich, wenn sich endlich einmal jemand in der Nebenkabine umzog. Der Duft des kalten Wassers im Becken, die Fliegen, Falter und Libellen, die, ertrunken, manchmal noch mit den Beinen strampelnd oder den nassen Flügeln schlagend, immer an der Oberfläche schwammen. Der Klang des Sprungbretts, die heißen Steinplatten auf den Wegen, auf denen man sich den Bauch verbrannte, wenn man sich nach dem Bad bibbernd und nass zum Wärmen auf sie legte. Das fröhliche Geschrei beim Toben, Spritzen, sich gegenseitig Jagen. Der paradiesische Geschmack der mitgebrachten dicken Stullen nach Stunden des Badens. Die herrliche Erschöpfung am Abend.

Seine Eltern hatten im Bad in Streitberg damals eine eigene Kabine gehabt. Nummer 123. Sie war quasi Familieneigentum, nur sie hatten dafür einen Schlüssel und kein anderer durfte sie benutzen. Jedes Jahr wurde diese Kabine wieder angemietet. Hier konnte er sein Handtuch lassen, seine Badehose, seinen Rucksack, ein paar Sommer lang hatte der Vater sogar sein Faltboot hier untergebracht. Manchmal baute er es zusammen, trug es hinunter zum Fluss und fuhr damit herum. Manchmal nahm er auch ihn mit.

Die Schneiderkabine Nr. 123 war im Kabinentrakt links vom Eingang gewesen. Er würde im kommenden Jahr erneuert, sofern der Verein das Geld dafür zusammenbekam. Die Kabinen, die sie gerade abrissen, lagen im rechten Winkel dazu rechts des Eingangstürmchens und zogen sich am Weg entlang, der dahinter längs des Badgeländes bergan führte. Folgte man diesem weiter oben nach rechts und in den Wald hinein, gelangte man nach einem steilen Anstieg zur Neideck, der Ruine einer ehemaligen Adelsburg aus dem Hochmittelalter. Nach dem Bauernkrieg 1525, den die Burg, damals Amtssitz der Bischöfe von Bamberg, noch überstanden hatte, war sie im Zweiten Markgrafenkrieg 1553 von Soldaten des Markgrafen von Brandenburg-Kulmbach, Albrecht Alcibiades, gebrandschatzt worden. Seither war sie Ruine und 350 Jahre lang auch Steinbruch und Selbstbedienungslager für das gesamte Tal. Wer weiß, in wie vielen Gebäuden der umliegenden Dörfer und Gemeinden Baumaterial aus der Neideck steckte.

Schneider hatte seine Arbeitshandschuhe ausgezogen und in seine linke Gesäßtasche gesteckt, aus der nun die leeren Finger winkten. Der hintere Teil des Traktes, an dem sie gerade arbeiteten, der mit dem »Abseifraum Frauen«, dem »Abseifraum Männer« und einer Sammelumkleide endete, sollte ebenfalls erst im kommenden Jahr in Angriff genommen werden. Für den vorderen Teil hatte der Verein das Geld schon zusammen. Den rissen sie ab. Schneider wischte die Hände an der Hose ab und sah die anderen an. Haubold scharrte noch einmal ungläubig mit der Schaufel in der freigelegten flachen Grube, bewegte die Fundstücke sachte hin und her, Lippert, fettleibig, wischte sich mit einem Tuch den Schweiß aus dem Nacken, und Francke, im normalen Leben Inhaber einer Allgemeinarztpraxis, schüttelte nur leise den Kopf.

»Das ist eindeutig ein menschlicher Schädel. Eingeschlagen auf der rechten Seite, seht ihr?« Dazu deutete er mit seinem Spaten auf das Fundstück. »Und das sind eindeutig menschliche Knochen. Hier Oberarm, hier Elle und Speiche, Schlüsselbein, Handknochen ...« Er hatte sich hingekniet und schob mit der Hand vorsichtig Erde beiseite. Gut und gern zwanzig Frauen und Männer in abgetragener Arbeitskleidung, sämtlich Freiwillige für den Aufräumsamstag, standen inzwischen um die vier herum und blickten sich gegenseitig über die Schultern. Der Fund hatte sich sofort herumgesprochen.

»Wir müssen die Polizei benachrichtigen. Niemand darf das hier mehr berühren.« Schneider fingerte sein Handy aus der Hosentasche und wählte die 110.

Bis zum Eintreffen der Streife – sie kam zehn Minuten später mit Blaulicht und Sirene den schmalen Weg über die Holzbrücke unten und zum Bad heraufgebrettert, als würde bei diesen alten Knochen irgendetwas eilen – machte die Mannschaft einstweilen Brotzeit. Die Metzger Schatz und Hübschmann aus Ebermannstadt hatten Leberkäs spendiert, Fleischküchla, Schnitzel und Scheiben gegrillten

Bauchs, alles verpackt in warmhaltende Alufolienpakete, aus denen der Saft tropfte, die Schwanenbräu zwei Kisten Getränke, überwiegend Bier, und die Semmeln waren von der Bäckerei Hetz.

»Prost.«

»Prost.«

»Zum Wohl.«

»Prost.«

Haubold sah sich um. »Sag mal«, fragte er dann und wandte sich an einen aus dem Vorstand des Vereins, »hing hier nicht früher mal eine Gedenktafel für Thomas Dehler?« Er deutete auf einen der Stützbalken links neben dem Eingang.

»Ja, aber die haben wir abgenommen.«

»Abgenommen? Wieso?«

Als Antwort bekam er nur ein Schulterzucken, gepaart mit einem vielsagenden Lächeln.

»Willst du's mir nicht sagen?«

»Damit sie nicht geklaut wird im Winter. Die kommt jetzt wieder dran.« Der dicke Lippert, bluthochdrücklerisch rotes Gesicht, hatte den kurzen Dialog mitgehört und hakte nach: »Thomas Dehler? Wer war das noch gleich?«

»Ein FDP-Politiker. War bis 1953 Justizminister.«

»Und warum hing für den hier ne Gedenktafel?«

»Na, erstens war er Oberfranke, geborener Lichtenfelser. Und dann ist er uns hier am 21. Juli 1967 abgesoffen.«

»Im Schwimmbecken?«

»Ja, Herzinfarkt beim Baden.«

»Und die will jemand klauen?«

Der Mann neben dem aus dem Vorstand lächelte nur und schüttelte den Kopf. »Das ist im Moment unser geringstes Problem.«

»Wieso? Wo hakt es denn sonst noch?«

»Die wollen unser Bad zumachen. Schließen.«

»Schließen? Diese Perle? Wieso?«

»Die Experten vom Landratsamt waren hier. Mit Verstärkung aus dem Landesamt für Gesundheit und Lebensmittelsicherheit Erlangen.«

»Gesundheit und Lebensmittelsicherheit? Die beurteilen Bäder?«

»Nein, die haben das Bad nicht beurteilt. Die kamen mit einem fertigen Urteil hierher. Haben alles schon vorher gewusst, haben sich nichts richtig angesehen, haben auch nicht zugehört, nichts. Nur ... – nein, ich darf da nichts sagen, sonst komme ich in Teufels Küche. Aber das Ende vom Lied war: Sie haben unserem Bad einen, so wörtlich, »katastrophalen Zustand« bescheinigt. Schwarz auf weiß und mit Stempel. Wollen es schließen lassen.«

»Unser Bad schließen? Das schönste Bad der gesamten Fränkischen Schweiz? Dieses Kleinod und Relikt aus einer anderen Zeit? Die haben sie doch nicht alle. So etwas wie das hier findest du doch in ganz Deutschland nicht mehr.«

Sie wurden unterbrochen, denn die Polizisten stürmten herein. Die sahen die Gesellschaft beim Brotzeiten, stoppten, guckten erstaunt, schauten sich um. Wirkten verunsichert, kamen sich sichtlich blöd vor. »Äh ... wir wurden informiert ... äh, hier soll eine Leiche sein?«

Natürlich hatte das Bad eine Technik von anno dunnemal, es stammte ja schließlich aus dem Jahr 1930. Aber gerade das machte doch seinen Charme aus, seinen Reiz, dachte sich Francke. Sterile Badlandschaften mit Edelstahl, Glas und Beton, Zierschotterrabatten und all diesem modernen, charakterlosen Scheiß gab es doch genug. Aber so etwas wie das hier, so etwas Harmonisches, Herzerwärmendes, die Seele Erfreuendes? Ja sicher, es wurde nicht beheizt, die Wassertemperatur lag bei knapp über 20 °C, manchmal war es so kalt, dass nur die Enten drin schwammen, gechlort wurde per Hand, wöchentlich einmal wurde das Wasser komplett ausgewechselt, einfach über Nacht, das alte ab in die Wiesent, das neue direkt aus dem Berg rein ins Becken mit seiner blauen Ölfarbe und den schiefen Wänden, und nach neun Stunden war alles frisch. 85 Jahre lang war das gut genug gewesen – und jetzt kamen diese Klugscheißer aus der Universitätsstadt herüber und beugten Pandemien vor, Seuchen und Reihenvergiftungen? Streptokokkeninvasionen, Hepatitis-A-Masseninfektionen und Tollwutwundstarrkrampfdurchfallepidemien? Die hatten doch Scheiße gefressen, das konnte man nicht anders sagen. Verbeamtetes Paragrafenexekutionskommando. Oder hatte Thomas Dehler sich damals vergiftet, weil er Wasser geschluckt hatte? Nein, sein Herz hatte schlappgemacht, weil es nicht mehr fit war. Konnte jedem passieren, immer und überall. Wo waren denn die vielen aufgrund katastrophaler Hygienemängel massiv Erkrankten aus den letzten 40, 50 Jahren? Die Arztpraxen und Krankenhäuser der gesamten Umgebung konnten sich ja, sobald das Bad seine Pforten geöffnet hatte, nicht mehr davor retten. Er in seiner Praxis drüben in Ebermannstadt zumindest hatte noch nicht einen Einzigen dieser Masseninfizierten behandelt. Keine Ahnung, wo all diese lebensgefährlich Infizierten immer hingingen. Nein, das war nicht zum Aushalten, was diese Schreibtischtäter trieben, dachte er sich. Aber man hat keine Chance, gegen sie vorzugehen, Vernunft schien nichts mehr zu zählen. Die desinfizierten sich wahrscheinlich die Hände vor, beim und nach dem Essen. Immer alles steril. Deutscher als die konnte keiner sein. Warteten sicher auch früh um halb vier fünf Minuten vor der roten Fußgängerampel, obwohl kein Mensch unterwegs war.

Sie zeigten den Polizisten den Fundort. Die telefonierten, sperrten das Terrain ab, warteten. Eine knappe Stunde später war das Gelände voller Menschen, die pinselten, spachtelten, bliesen, kehrten, auf den Knien herumrutschten, beratschlagten, Schildchen beschrifteten, Marken platzierten, skizzierten, maßen, kartografierten, fotografierten. Schwitzten. Um ein Bier baten. Knochen in beschriftete Tütchen steckten, Tütchen in Kartons legten. Viereinhalb Stunden später war der ganze Spuk vorbei. Polizei und Spurensicherung waren abgezogen, der Forchheimer Blümlein hatte den Fall übernommen. Amseln zeterten einer Katze hinterher, der Zaunkönig fand Unterschlupf im Gebüsch, ein Rotkehlchen knäckerte, und ein erster Buchfink schmetterte sein lautes Lied aus dem Wald herüber. »Ich-ich-ich-ich-ich-ich-ich-pfeif-auf-die-Regierung!«, bedeutete der Ruf dieses Vogels, hatte Franckes Mutter immer gesagt.

Der Arbeitstrupp der Freiwilligen hatte das Familienbad längst verlassen, und endlich konnte der gemeindliche Bademeister wieder absperren. Man wollte sich, so hatte man es besprochen, am Samstag darauf noch einmal hier treffen, um wenigstens die Frühjahrsputzarbeiten zu beenden. Den Abriss der diesjährig zu erneuernden Kabinen würde im Lauf der Woche die Baufirma übernehmen. Doch wer war die Leiche, deren Überreste man hier gefunden hatte?

Das Ergebnis aus der Erlanger Gerichtsmedizin kam am Dienstag und wurde von Blümlein zur Veröffentlichung freigegeben. Am Mittwoch stand es in der Zeitung. Die Überreste gehörten zu einem unbekannten, etwa 50-jährigen Mann, Körpergröße unter eins sechzig, stämmig, eine Person, das zeigten Knochen und Gelenke, die zeit ihres Lebens körperlich sehr schwer gearbeitet hatte, und sie lagen seit mindestens fünfzig, wahrscheinlicher aber zwischen sechzig und achtzig Jahren dort in der Fundamentschüttung. Tod eindeutig durch Einwirkung massiver stumpfer Gewalt gegen den Schädel: Er war rechtsseitig eingedrückt. Die Polizei vermutete, dass die Person während der Bauzeit, also 1930 oder 1931, dort vergraben worden war. Man habe noch keine Anhaltspunkte, wer die Person war, noch recherchiere man.

Am Donnerstag meldete sich auf der Polizeistation Forchheim eine junge Frau mit einem zirka zweijährigen Kind, das permanent quengelte. »Ich glaube, ich weiß, wer die Person ist, die Sie gefunden haben.«

»Ja?«

»Mein Urgroßvater.«

»Name, Adresse?«

Die Frau wirkte verunsichert. »Adresse? Mein Uropa ist seit 85 Jahren verschollen, seine Leiche wurde nie gefunden. Da gibt es keine Adresse. Freudlos Franz Alois, geboren am 2. April 1877, aus Trainmeusel. Verschwunden am Palmsonntag, 20. März 1932. Mit fast 55 Jahren damals.«

»Wie kommen Sie darauf, dass das Ihr Urgroßvater sein könnte?«

»Weil meine Oma, seine Tochter, zusammen mit ihrer Mama ihr Leben lang nach ihm gesucht und auf ihn gewartet hat. Sie ist 2004 mit neunzig Jahren gestorben.« Das Kind quengelte und wollte wieder hinaus, die junge Frau wischte sich eine Träne aus den Augen. Sie war aufgeregt. Man bat sie, sich zu setzen und einen Moment zu warten, der sachbearbeitende Beamte käme gleich. Zehn Minuten später wurde sie von Blümlein abgeholt und in ein Nebenzimmer geführt.

»So, hier sind wir ungestört. Jetzt erzählen Sie doch einmal.«

Das Kind hatte inzwischen den Papierkorb entdeckt und nutzte ihn als Spielplatz. Leerte ihn aus.

»Am 20. März 1932, es war der Palmsonntag, war mein Urgroßvater, so erzählte es meine Oma immer, in Forchheim gewesen auf dem Viehmarkt. Der fand dort immer am Sonntag vor Ostern statt.«

»Hm.« Blümlein machte sich Notizen, sah sie an.

»Er hatte zwei Jungbullen dabei und drei Milchkühe. War schon am Nachmittag vorher losgezogen und hatte das Vieh hinübergetrieben in die Stadt. Zu Fuß. So hat es meine Uroma erzählt.«

»Er hätte ja wahrscheinlich auch mit der Eisenbahn fahren können«, warf der Beamte ein, »die hatten doch sicher auch Viehwaggons.« Die junge Frau schien nicht zu verstehen, schaute nur fragend.

»Ach, vergessen Sie's, war eine unsinnige Bemerkung.« Blümlein schämte sich dafür und wischte die Bemerkung mit einer Handbewegung vom Tisch. Manchmal war er einfach nur blöd. »Ihr Urgroßvater, Franz Alois Freudlos, war also am 20. März 1932 in Forchheim.«

»Ja, auf dem Viehmarkt dort. Und er hat alles verkauft, was er dabei hatte. Zwei Jungbullen und drei gute Milchkühe. Das war außergewöhnlich in dieser schlechten Zeit.«

Blümlein hörte zu. Versuchte sich die Zeiten damals vorzustellen.

»Er hat dann, das taten die Männer wohl immer, in den verschiedenen Wirtshäusern und Brauereien Forchheims reichlich getrunken. Bier und wahrscheinlich auch Schnaps. Er hatte unerwartet gute Geschäfte gemacht, viel Geld eingenommen, und das musste gefeiert und begossen werden.«

Blümlein ahnte, was jetzt folgen würde.

»Irgendwann nachts muss er sich auf den Heimweg gemacht haben mit seinem Rausch und dem vielen Geld, das haben damals etliche bezeugt. Seitdem aber war er verschwunden. Er ist nie daheim angekommen, droben in Trainmeusel.«

Blümlein dachte nach. »Warten Sie bitte einen Moment. Ich bin sofort zurück.« Er verließ den Raum. Das Kind räumte inzwischen den Papierkorb wieder ein und schien Spaß daran zu haben. Keine zwei Minuten später kam er zurück. »Könnten Sie mir bitte die Reihe Ihrer Vorfahren von Ihrem Urgroßvater bis zu Ihnen hin aufzeigen? Wir wollen versuchen, mittels der DNA die Verwandtschaft festzustellen. Natürlich nur, wenn Sie dazu bereit sind.«

Die junge Frau verstand nicht recht. »Die DNA? Wofür? Was muss ich dafür tun?«

»Die Gerichtsmedizin kann über die DNA den Grad der Verwandtschaft zwischen Ihnen und den gefundenen Überresten feststellen – sie kann also feststellen, ob es sich bei der Leiche tatsächlich um Ihren Urgroßvater handelt oder nicht. Alles, was wir von Ihnen dafür brauchen, ist ein Abstrich aus Ihrem Mund. Ein paar Tropfen Speichel. Einverstanden?« Er reichte ihr das Stäbchen.

»So, und jetzt zur Verwandtschaftslinie.«

Die junge Frau überlegte. »Meine Großmutter, Aloisia Freudlos, seine, also Franz Alois' Tochter, wurde 1914 geboren, da war ihr Papa schon 37. Sie heiratete mit 18, noch im Jahr seines Verschwindens, hinüber nach Gasseldorf, einen Ludwig Pfeifer, bei dem sie arbeiten und der sie ernähren konnte. Sie hatten ja damals nichts mehr. 1935 bekam sie meinen Vater, Fred Pfeifer. Der heiratete 1962 hinüber nach Unterleinleiter, eine Gastwirtstochter. Die beiden bekamen dann 1992 mich, Sieglinde Pfeifer. Ich heiratete 2014 nach Forchheim, Matthias Penning, einen Heizungsbauer, und 2016 bekamen wir ihn hier, unseren Markus.« Sie deutete auf das Kind, das den Papierkorb inzwischen wieder ausgeleert hatte.

Blümlein hatte mitgeschrieben und las ihr die Reihenfolge noch mal vor. Sie nickte.

»Tja, das wär's dann schon für den Moment.«

»Und wann kann ich mit einem Ergebnis rechnen?«

»So wie unsere Gerichtsmedizin arbeitet, spätestens übermorgen.«

»Also am Samstag?«

»Nein, stimmt, dann schätzungsweise doch schon morgen. Die lassen selten Arbeit übers Wochenende liegen. Okay, Ihre Daten habe ich, ich werde mich bei Ihnen melden. Ganz lieben Dank, dass Sie gekommen sind.«

Und tatsächlich, am folgenden Vormittag lag das Ergebnis bereits vor. »Wir haben einen Verwandtschaftskoeffizienten von 0,125«, berichtete die Gerichtsmedizinerin.

»Und was bedeutet das?«

»Eine Wahrscheinlichkeit von 12,5.«

»Für was?«

»Dass die Überreste tatsächlich die von Franz Alois Freudlos sind, dem Urgroßvater dieser Sieglinde Penning. Der Koeffizient sagt etwas über den Verwandtschaftsgrad aus.«

»Aha.« Blümlein schien noch nicht ganz überzeugt. »Und das ist viel? Oder hoch? 12 Komma Zerquetschte?«

Die Gerichtsmedizinerin am anderen Ende der Strippe lachte. »Ganz, wie man es sieht.«

»Was heißt das?«

»Nur mal ein Beispiel. Wir haben hier eine Verwandtschaft über vier Generationen vorliegen, richtig? Da ist so ein Koeffizient vor allem dann aussagekräftig, wenn die Personen sich über die ganze Welt verstreut haben, verstehen Sie?«

Der Polizist verstand nicht.

»Schauen Sie, im vorliegenden Fall haben sich die Personen nur in einem Umkreis von fünfzehn oder zwanzig Kilometern bewegt.«

Blümlein verstand immer noch nicht. Die Gerichtsmedizinerin unternahm einen neuen Anlauf. »Also noch mal: Ich bin aus Ebermannstadt. Meine Ahnenlinie zieht sich von Muggendorf über Streitberg nach Dürrbrunn hinauf und wieder hinunter nach Ebermannstadt.«

»Ja und?«

»Ich habe spaßeshalber den Test auch mit meiner DNA gemacht.«

»Und?«

»Mit einem ganz ähnlichen Ergebnis.«

Jetzt schien Blümlein zu verstehen. »Das heißt, Sie sind mit den Knochen genauso verwandt wie Frau Penning.«

»Nicht ganz, bei mir würde ich noch eine weitere Generation dazwischen sehen.«

Der Beamte überlegte einen kurzen Moment. »Das heißt also, die gesamte Fränkische Schweiz ist irgendwie miteinander verwandt. Alle haben in der Vergangenheit immer wieder von einem zum anderen Dorf hinübergeheiratet, und die Beziehungen spannen sich wie ein Netz über alles, und alle sind mit jedem verwandt ... irgendwie.«

»So könnte man das sagen.«

»Also Inzucht.«

»Keineswegs, das habe ich nicht gesagt. Eher das Gegenteil ist der Fall: Durch das immer wieder frische Blut, das durch diese Heiraten mit Personen aus den Nachbarorten hinzukam, hat sich ein sehr gesundes und resistentes Völkchen gebildet.«

»Bio-Franken sozusagen.«

Da nahm die Stimme der Gerichtsmedizinerin plötzlich einen sehr ernsten Ton an. »Nein, in diesen Jargon werden Sie mich nicht locken. Es liegen nur, wie überall auf der Welt, sehr weit verzweigte, alles durchdringende Verwandtschaftsbeziehungen vor. Jeder Mensch hat die. Nur: Wenn sich Menschen über mehrere Generationen nicht über größere Distanzen fortbewegen, vielmehr eher in der Gegend bleiben und dort ihr familiäres Leben führen, dann steigt die Wahrscheinlichkeit einer Verwandtschaft über fünf, sechs, sieben Ecken.«

»Kann ich Frau Penning nun sagen, dass es sich um die Überreste ihres Urgroßvaters handelt?«

»Sie können ihr sagen, dass es sich mit einer gewissen Wahrscheinlichkeit ... ich würde sagen, in Anbetracht der Koinzidenzen, also der Umstände, des Fundorts, der zeitlichen Kongruenz, der Tatsache, dass es sich um den einzigen Vermissten in diesem Zeitraum handelt, des eingeschlagenen Schädels, des Mitführens einer hohen Summe Bargeld etc. pp., da wissen Sie mehr als ich, also dass es sich mit sehr hoher Wahrscheinlichkeit um ihren Urgroßvater handelt.«

»Ich danke Ihnen.«

Blümlein stellte sich vor, wie das damals wohl gewesen war. Freudlos hatte sein Vieh verkauft, hatte viel Geld im Beutel, saß in den Kneipen und betrank sich, feierte seine Abschlüsse und prahlte vielleicht auch mit seinem Geld, und irgendwann dann in der Nacht, als man ihn aus der letzten Kaschemme rausschmiss, machte er sich auf den

Heimweg das dunkle Wiesenttal hinauf nach Trainmeusel. Aber er schaffte es bloß bis Streitberg, nur bis zur Baustelle des Bades damals. Dort hat ihn einer, der ihm gefolgt sein musste oder der ihn auf dem Weg bis dorthin begleitet hatte, denn woher hätte sonst jemand wissen sollen, dass er viel Geld mit sich führte, eine übergebraten. Ihm den Schädel zertrümmert, ihm das Geld abgenommen, ihn auf der Baustelle des Bades verscharrt.

So ungefähr musste es gewesen sein. Er überflog noch einmal den Text zur Geschichte des Bades auf der Website »familienschwimmbad.de.« Nein, so konnte es nicht gewesen sein! Das Bad war am 6. Juni 1931 eröffnet worden, las er hier. Freudlos aber war in der Nacht vom 20. auf den 21. März 1932 verschwunden. Also fast ein Jahr später. Und zu einer Jahreszeit, zu der das Bad mit Sicherheit noch geschlossen war. Was schrieb das Internet über das Wetter im März 1932? *Wie im Vorjahr beginnt auch der Frühling mit zu kühlem Wetter. Im März liegt die durchschnittliche Temperatur erst bei 1,2 °C.*

Hatte er eine Chance, hier noch mehr herauszubekommen? Machte es überhaupt Sinn, dieser nun schon 85 Jahre zurückliegenden Tat nachzuforschen? Er sah sich die Aufzeichnungen und die Fotos vom Fundort noch einmal an. Die Kabinen waren abgerissen, die Grundrisse der einzelnen Abteile waren noch zu erahnen. Er legte den Aufriss des Bades daneben und zählte die Kabinen ab. Einmal von vorne und einmal von hinten. In beiden Fällen kam er auf Kabine 36. Warum war der Leichnam in dieser Kabine verscharrt worden? Warum war er nie entdeckt worden in all der Zeit danach? Warum war dem Mieter dieser Kabine damals nicht aufgefallen, dass der Boden herausgerissen worden sein musste und wieder neu gemacht, denn der

Leichnam musste ja irgendwie unter die Erde gekommen sein. Oder – war es ihm vielleicht sogar aufgefallen und er hatte sich irgendwo darüber beschwert, dass jemand in seiner Kabine ...? Gab es vielleicht noch irgendwelche Aufzeichnungen darüber? Ohne lange zu überlegen, rief er in Streitberg an. Ob es dort ein Gemeindearchiv gebe?

»Freilich, wir haben hier ein Archiv. Das Gemeindearchiv Wiesenttal-Streitberg.«

»Und wie weit reicht das zurück?«

»Wie weit brauchen Sie es denn?«

»Na, ich würde sagen, so bis 1930?«

»Ach, machen S' aweng Naziforschung?«

»Nein, es geht mir mehr um das Streitberger Bad.«

»Ach, wegen der Leiche, gell? Das hat ja in der Zeitung gestanden.«

»Genau.«

»Ich glaube, da muss ich Sie enttäuschen.«

»Warum?«

»Da haben wir nicht viel, das haben wir alles an den Heimatverein abgegeben. Da liegt es wenigstens nicht bloß rum. Wir haben hier nur noch ein einziges Buch zum Familienbad aus der Zeit.«

»Ach ja? Und was ist das für eines, wenn ich fragen darf?«

»Eher Buchhaltung, würde ich sagen.«

»Was heißt das konkret?«

»Da stehen die Vermietungen der Kabinen drin. Wer welche Kabine gemietet hat und wann, wer wann wie viel bezahlt hat oder nicht, ob es Schäden gab oder nicht, Reklamationen und so. Alles, was man sich so denken kann. Da hatten die vom Heimatverein kein Interesse dran.«

Blümleins Puls hatte sich spürbar beschleunigt. »Ich komme einmal vorbei.«

»Wann?«

»Gleich, wenn es geht.«

»Ne gute Stunde bin ich noch da.«

Knapp 30 Minuten später blätterte er sich durch die Kladde. Bewundernswert, mit welcher Akribie und in welch gestochen scharfer Handschrift damals Buch geführt wurde. Kabine 36, Kabine 36, Kabine 36 ... – da hatte er sie. Ein kurzer Eintrag nur. »1931 vermietet auf ein Jahr an ...« »1932 vermietet auf ein Jahr an ...« Dritter Eintrag: »Vermietet auf 70 Jahre für Kinder und Kindeskinder an ...« Kein weiterer Eintrag mehr.

Vermietet auf 70 Jahre! Und er kannte den Namen, eine hochgeehrte Persönlichkeit damals, im Nachbarort drüben hing sogar eine Gedenktafel für sie. Ihn.

Blümlein schlug das Buch wieder zu, gab es der Amtsbediensteten zurück.

»Und, haben Sie gefunden, was Sie gesucht haben?«

Blümlein schüttelte den Kopf. »Nein, leider nichts von Bedeutung.« Er würde den Namen sofort wieder vergessen. Denn was würde er lostreten, wenn er mit seinen Erkenntnissen an die Öffentlichkeit ginge? Er wollte es sich gar nicht vorstellen. Nein, Alois Freudlos war seit 85 Jahren tot, und keiner aus seiner Generation lebte noch. Warum sollte Blümlein die Vergangenheit aufwühlen?

Die sterblichen Überreste von Franz Alois Freudlos wurden an Sieglinde Penning übergeben, sie ließ sie einäschern. Auf dem Friedhof in Ebermannstadt fand ihr Urgroßvater seine letzte Ruhe, eine kleine Tafel erinnert heute an ihn und an den geheimnisvollen Mord auf dem Heimweg. Alles andere ging niemanden etwas an. Das Geheimnis von Kabine 36 würde Blümlein dereinst mit ins Grab nehmen. Es war besser so.

Wie viele solcher Geschichten es wohl im Fränkischen gab, in den Tälern der Fränkischen Schweiz? In jedem Ort mindestens eine.

Roland Ballwieser & Petra Rinkes

Die eiserne Jungfrau

»Großinquisitor, habt Gnade mit meiner unschuldigen Seele!«

Doch Korbinian Schönfelds Blick blieb eisenhart. »Gesteht, Hexe! Gesteht, dass Ihr mit dem Teufel im Bunde seid!«

»Großinquisitor, ich bin doch nur eine arme Maid aus einem fernen Land. Ich schwöre bei allem, was mir heilig ist, ich bin keine Hexe! Seht mich doch an!«

Korbinian musterte die junge Frau von oben bis unten. Sie trug eine weiße Leinenbluse, unter der sich kleine, feste Brüste abzeichneten, und einen kurzen, grün-schwarz karierten Rock, der etwas nach oben gerutscht war und den Blick auf ein spitzenbesetztes weißes Höschen freigab. An den Füßen leuchteten neonpinke Sneakers. Nein, so sah keine Hexe aus. Zumindest keine aus dem Mittelalter.

»Schweig, Elende!«, sagte er. »Eure Lügen werden Euch schon vergehen, wenn Ihr erst die Folter gekostet habt.«

Yuki antwortete mit einem kleinen, erwartungsvollen Seufzer.

»Ach, Großinquisitor, habt doch Erbarmen! Es soll Euer Schaden nicht sein.«

Korbinian begann zu schwitzen, obwohl es hier drin ziemlich kühl war, zumindest im Vergleich zu den 30 °C draußen in den Gassen Rothenburgs.

Er schlug seinen Nachtwächtermantel zurück. »Elende, was könntet Ihr mir schon bieten, mir, einem Mann Gottes! Ihr steht mit dem Teufel im Bunde, gesteht endlich!«

»Ach, Großinquisitor, Reichtümer besitze ich keine, aber ...« Yuki begann ihre Bluse aufzuknöpfen. »... ich bin noch nie mit einem Manne zusammen gewesen. Wenn Ihr mich freilasst, dürft Ihr mit mir tun, was Ihr wollt.«

Korbinian schluckte. Yuki war echt der Hammer. Ihre Rollenspiele waren zwar zuweilen verdammt anstrengend, aber ... wow! Das hier war das Risiko wert, das er eingegangen war, als er sich den Schlüssel zum Kriminalmuseum beschafft hatte.

»Ihr wagt es! Mir, der ich Keuschheit geschworen habe, solch ein unzüchtiges Angebot zu machen. Wartet, Elende, ich werde ...« Korbinian sah sich um. Sein Blick fiel auf die eiserne Jungfrau. Er griff nach dem Riegel des Folterinstruments. Yuki hatte inzwischen ihre Bluse ausgezogen und öffnete den Verschluss ihres BHs. »Wartet nur, Hexe!«, rief er mit tiefer Stimme. »Hier ist die Braut, mit der Ihr Hochzeit halten werdet.« Er richtete seinen Blick fest auf Yuki und zog langsam die Tür der eisernen Jungfrau auf.

Yukis Augen weiteten sich, jedoch nicht vor Lust – dann begann sie hysterisch zu schreien.

*

Korbinian kramte in der Hosentasche nach dem Wohnungsschlüssel. Die Tüte mit den Brötchen rutschte ihm dabei aus der Hand, und die Kaisersemmeln kullerten über den Holzboden. Eine schaffte es bis zur Treppe und machte sich langsam auf den Weg nach unten, eine Stufe nach der anderen.

»Mist!« Korbinian versuchte, die Entflohene wieder einzufangen. Er stolperte über die lose Diele, die der Hauswirt schon ewig hatte reparieren wollen, und schlug der Länge nach hin.

»Is Ihnen was passiert?«

Die Gruber aus dem Erdgeschoss. Schick wie immer, in einem bunt geblümten Sommerkleid. Und fit wie ein Turnschuh für ihr Alter. Im Nu war sie die zwei Treppen hoch, reichte ihm die Hand und half ihm auf.

»Is mit Ihnen wirklich alles in Ordnung, Herr Schönfeld?« Sie bückte sich. »Gehört des Weggla Ihnen?« Sie säuberte das Brötchen mit dem Ärmel ihres Kleides. »Des is noch gut. Des kann man scho noch essn.«

Korbinian hatte sich aufgerappelt und nahm die Semmel entgegen. »Danke, Frau Gruber.« Er drehte sich zur Tür und steckte den Schlüssel ins Schloss.

»Habn Sie's schon g'hört?«

»Was gehört?«

»Des mit dem Mord.« Korbinian schaute die alte Frau entgeistert an.

Da öffnete sich die Tür seiner Wohnung von innen, und Yuki erschien. Sie trug ein winziges Babydoll mit Hello-Kitty-Aufdruck. »Mord?«, fragte sie.

»Grüß Gott, Fräulein Yuki«, sagte die Gruber. »Den Hofmann habn s' erstochn, und stelln Sie sich vor, wo s' die Leiche gfundn haben ...« Sie schaute die beiden an, machte eine dramatische Pause und fügte hinzu: »In der eisernen Jungfrau. Im Kriminalmuseum. Aber, da passt er hin, der Hofmann, der alte Verbrecher.«

»Das ist ja echt gruselig, Frau Gruber«, sagte Korbinian. »Aber wir müssen jetzt frühstücken. Danke, dass Sie die Semmel gerettet haben. Und einen schönen Tag noch.«

Die Gruber lächelte anzüglich. »Frühstücken, soso. Na dann, an Gudn wünsch ich.«

Korbinian schob Yuki schnell in die Wohnung und schloss die Tür.

»Hofmann? Verbrecher?« Yuki nahm einen Schneeballen und legte ihn sich auf den Teller.

»Hofmann ist so etwas wie der Pate von Rothenburg. So nennen ihn jedenfalls die Leute. Natürlich total übertrieben. Ihm gehören ein paar Discos auf dem Land, und angeblich hat er mit Prostitution und Drogenhandel zu tun. Kleinstadtkriminalität eben.« Korbinian drückte den Knopf an der Espressomaschine. Der Lärm des Mahlwerks übertönte Yukis Antwort. »Was hast du gesagt?«

»Denkst du, wir sollten doch zur Polizei gehen?«, wiederholte Yuki.

Korbinian überlegte kurz. »Nein, wir haben schon richtig entschieden. Ich wäre meinen Job los, und dein Vater...«

Yuki nickte. »Der würde mir den Kopf abreißen, wenn er erfahren würde, dass ich für Sexspielchen in einer Folterkammer war.« Sie lächelte. »Das war übrigens total geil. Schade, dass wir unterbrochen wurden.«

Sie knöpfte sein Hemd auf und strich über sein Brusthaar. »Wollen wir das Frühstück nicht noch etwas verschieben, Großinquisitor?«

*

»He Sie, wo wolln S' denn hin?«

Kommissar Nusch drehte sich um. Die Tür der Erdgeschosswohnung hatte sich geöffnet, und eine große, schlanke Frau in einem geblümten Sommerkleid, bestimmt schon weit über siebzig, sah misstrauisch zu ihm herauf. Er ging wieder ein paar Stufen hinunter und zückte seinen Dienstausweis.

»Polizei, Kommissar Nusch.«

Die Frau sah ihn skeptisch an. »Nusch? So wie ...«

»Ja, wie der Bürgermeister Nusch vom *Meistertrunk*«, entgegnete Nusch. Jedes Mal, wenn er in Rothenburg und Umgebung ermittelte, war es das Gleiche. »Aber weder verwandt noch verschwägert mit demselben.«

»Was es ned alles gibt. Wobei, mei Nachbar, der Herr Schönfeld, hat einmal gmeint, des mit dem *Meistertrunk* hat's gar ned wirklich gebn, des hat sich a Schriftsteller ausdacht. Und der Herr Schönfeld hat Geschichte studiert, der muss des also wissn. Was meinen Sie, Herr Kommissar?«

»Keine Ahnung. Aber wo Sie den Herrn Schönfeld erwähnen: Zu dem möchte ich. Wissen Sie, ob er zu Hause ist?«

»Hat er was angstellt, der Herr Schönfeld? Des kann gar ned sei, des is ein anständiger Mann. Das muss ein Irrtum sein.«

Die Frau sah den Kommissar streng an.

»Nein, nein, ich habe nur ein paar Fragen an ihn, als Zeugen. Und Sie sind Frau …?«

»Gruber, Maria Gruber. Rechtsanwaltsgehilfin im Ruhestand. Ich kenne mich aus mit den Gesetzen, Herr Kommissar. Sie können mir nichts vormachen. Und der Herr Schönfeld ist nicht da.«

Nusch stellte fest, dass die Frau ihren Dialekt abgelegt hatte und sozusagen ins Amtliche gewechselt war.

»Wissen Sie, wo er hin ist?«

Frau Gruber kniff die Augen zusammen. »In die Arbeit, nehm ich an. Obwohl ich ned so genau weiß, wo er momentan arbeitet. So Nachtwächter-Führungen macht er, und ab und zu fährt er Bägglä aus. Jedenfalls sind er und des Fräulein Yuki um Mittag rum weg.«

Nusch atmete auf. Der amtliche Teil war anscheinend beendet. »Fräulein Yuki?«

»Jaa, des is a nette Person, des Fräulein Yuki. A Japanerin wie ausm Bilderbuch. Knallbunte Klamottn, lila Haar und ...« Sie beugte sich verschwörerisch vor. »... heut früh hat's a Nachthemd anghabt, mit so anner japanischn Katz drauf. Heiß hat's ausgschaud. Ka Wunder, dass der Herr Schönfeld immer noch mit ihr zamm is.«

»Immer noch? Ist das ungewöhnlich?«

Die Gruberin seufzte. »Der Herr Schönfeld is wirklich a feiner Mensch, aber mit die Frauen hat er's a bissl arg wild triebn. Geht mich zwar nix an, aber früher hat er ständig andere angschleppt. Meistens Touristinnen, oft Japanerinnen oder Amis. Die sind halt auf ihn gstandn. Er schaud ja fesch aus mit seim Nachtwächtergwand. Den hätt ich früher auch ned von der Bettkantn ...« Sie kicherte wie ein junges Mädchen und sah den Kommissar kokett an.

»Hat das Fräulein Yuki auch einen Nachnamen?«, fragte Nusch schnell.

»Ja, also an Namen hat's scho, so an japanischen. Yama... ...moto oder ...hiro. Aber ich kann mir den nie merkn. Gestern hab ich ein Bild von ihr kriegt, da hat des Fräulein Yuki drauf unterschriebn.«

»Ein Bild?«

Statt einer Antwort kehrte Frau Gruber in ihre Wohnung zurück, nicht ohne die Tür hinter sich zu schließen. Wenige Sekunden später öffnete sich die Tür wieder.

»Schaun S'! Des sanns, der Herr Schönfeld und des Fräulein Yuki und des in der Middn bin ich. Wir habn a Selfie gmacht auf der Stadtmauer, und weil's mer so gut gfalln had, habn s' es mir ausdruckt. Ich hab mir da mal so eine Nachtwächterführung angschaut vom Herrn Schönfeld. *Nächtliches Rothenburg.* Schee hat er des gmacht. Aber Nachname steht keiner drauf.«

Nusch sah sich das Foto an. Der Mann im Nachtwächterkostüm war in der Tat attraktiv, mit dunklem Vollbart, wie ihn die jungen Männer heute tragen. Und die Freundin sah aus, wie einem Manga entstiegen.

»Darf ich das Bild mitnehmen und eine Kopie machen?«, fragte er.

Die Frau nahm ihm sofort das Foto aus der Hand. »Warum das denn?«, fragte sie. »Wollen Sie dem Herrn Schönfeld doch etwas anhängen? Um was geht es denn überhaupt? Das haben Sie noch gar nicht erwähnt.«

»Tut mir leid, Amtsgeheimnis. Sie können ja Herrn Schönfeld fragen, wenn er bei mir war. Und Sie bekommen das Bild wieder, versprochen.«

Die alte Frau überlegte. Dann reichte sie Nusch das Foto.

»Gut, aber geben Sie mir eine Quittung dafür.«

*

Zurück im Büro sah sich Nusch das Bild genauer an. An dem Mantel des Nachtwächtergewands prangte ganz eindeutig genau so eine Verschlussspange, wie sie am Tatort gefunden worden war. Doch Schönfeld war polizeilich sauber, gegen ihn lag absolut nichts vor, nicht einmal einen Strafzettel hatte er in den letzten Jahren bekommen. Außerdem wirkte er nicht wie jemand aus dem Milieu des organisierten Verbrechens. Die Leute übertrieben zwar, wenn sie Hofmann den Paten von Rothenburg nannten, aber Nusch hatte mal ein illegales Bordell hochgehen lassen, voll mit blutjungen Prostituierten aus dem Balkan. Damals konnten sie Hofmann nichts nachweisen, weil keine gegen ihn aussagen wollte. Aber den Anblick der Frauen hatte Nusch nicht vergessen. Er legte das Foto in die Akte.

»Herr Kommissar, Besuch für Sie.« Eine junge Beamtin führte einen Mann herein, Mitte vierzig, sündhaft teurer Anzug, italienische Lederschuhe. Und der kam gleich zur Sache.

»Wissen Sie, wer meinen Vater ermordet hat? Oder muss ich mich da selbst drum kümmern?«

Nusch stand auf und ging um seinen Schreibtisch herum. »Guten Tag, Sie sind sicher Herr Hofmann junior. Mein Beileid ...«

»Ich scheiß auf Ihr Beileid. Sagen Sie mir, wer es war!«

Nusch wischte sich den Schweiß von der Stirn. Nicht, weil ihm der Besucher so unverschämt kam, sondern weil es in dieser Abstellkammer, die ihm die Polizeiinspektion Rothenburg zur Verfügung gestellt hatte, warm wie in einem Backofen war. Aber er arbeitete lieber direkt vor Ort, statt von seinem Büro in Ansbach aus zu ermitteln.

»Herr Hofmann, ich muss Sie bitten, Ihren Ton zu mäßigen, Sie wollen doch keine Anzeige wegen Beamtenbeleidigung riskieren, oder?« Er wollte sich wieder setzen, stieß aber in der Enge des Raums gegen den Schreibtisch, und die Akte fiel zu Boden. Bevor er reagieren konnte, hatte sich der junge Hofmann gebückt und hielt nun ausgerechnet das Foto von Schönfeld und seiner Freundin in der Hand.

»Haben die mit dem Mord zu tun?«, fragte er. »Warum haben Sie die noch nicht verhaftet? Einen Nachtwächter und eine Japanerin werden doch sogar Sie finden.«

Nusch bemühte sich, möglichst unbeteiligt zu wirken. »Da geht es um einen anderen Fall, das hat nichts mit Ihrem Vater zu tun. Und jetzt geben Sie mir das Bild zurück.«

Hofmann warf noch einmal einen Blick auf die Fotografie, dann reichte er sie dem Kommissar. »Danke«, sagte er. »Ich glaube, das war es fürs Erste. Sie werden von mir hören.«

Und bevor Nusch etwas erwidern konnte, war sein Besucher wieder verschwunden.

*

»So, Frau Gruber, vier Weggla und an Schneeballn, wäi immer?«

Die Bäckerin lächelte die alte Frau an. »Schick schaun S' widda aus, Frau Gruber.«

»Danke. Heut is ja a so heiß, da hab ich denkt, ich zieh mal widder mei spanischs Sommerkleidla an.«

Die Bäckerin packte die Semmeln ein und griff nach den Schneeballen.

»Den Schneeballn nimm ich heut nur mit Buderzugger, die Schoklad schmilzt mir ja zamm, bis ich dahamm bin.«

»Do homms recht, des muss die Glimaerwärmung sei. Im Winter ka Schnee, im Frühjohr renngds blouß, und seid drei Wochn däi Hidz, do wirsdd ja bläid im Kobbf.«

Sie reichte ihrer Stammkundin die Tüten über die Ladentheke. »Fümbf zwanzich. Danke. Ade, Frau Gruber.«

Die Gruber packte alles in ihren Einkaufskorb und machte sich auf den Weg zum Metzger. Der lag auf der anderen Seite des Marktplatzes, und als sie deshalb noch einmal an ihrem Haus vorbeikam ...

*

»Wenn ich es Ihnen sage, Herr Kommissar, die beiden sind entführt worden. Ganz sicher.«

Nusch zog das Taschentuch aus der Jacke und tupfte sich den Schweiß ab. Frau Gruber war ohne Vorwarnung zu ihm ins Büro gestürmt und sofort amtlich geworden.

»Sie meinen also gesehen zu haben, wie Herr Schönfeld und seine Freundin gezwungen worden sind, einen weißen Lieferwagen zu besteigen.«

»Nein.«

Nusch war irritiert. »Nicht?«

Die Gruber sah ihn streng an. »Ich meine das nicht, Herr Nusch, ich weiß es. Ich habe genau gesehen, wie zwei so Muskelprotze den Herrn Schönfeld und das Fräulein Yuki in den Wagen geschoben haben. Der eine hatte die Hand in der Jackentasche. Bestimmt hatte er da eine Waffe stecken. Die Autonummer habe ich mir auch gemerkt.«

Nusch tippte die Nummer, die sie ihm nannte, in den Computer. Bevor er etwas sagen konnte, stand die Gruber schon hinter ihm und rief: »Rothen-Bau AG! Hab ich's ned gsachd. Die ghörd dem Hofmann.«

»Woher wollen Sie das wissen?«, fragte Nusch. Schnell schloss er das Fenster auf dem Bildschirm, damit die Frau nicht noch mehr lesen konnte.

»Mei Chef, der Notar Dr. Erlinger, der hat für den Hofmann früher die Hausverkäufe abgwickelt. Bis zu dem Zeitpunkt, als in dem Baustofflager die Marihuana-Plantage gfundn wordn is. Dem Hofmann habn s' damals nix nachweisn können, aber wir, also mei Chef und ich, waren uns sicher, dass der junge Hofmann dahintergsteckt is. Da hat sich der Hofmann an andern Notar suchn müssn, der Dr. Erlinger war nämlich ein sehr anständiger – Etzadla!« Die Gruber tippte sich an die Stirn.

»Frau Gruber?«, sagte Nusch.

Die alte Frau wandte sich zur Tür. »Herr Kommissar, dass ich ned gleich draufkommer bin, des Baustofflager. Des is doch draußn hinter der A7, ganz einsam. Wenn ich jemand versteckn müsst, wär des der richtige Ort.«

Den Türgriff in der Hand, drehte sie sich noch einmal um. »Worauf wartn S' denn, Herr Kommissar? Und nehmen S' fei Ihren Revolver mit.«

*

»Für wen arbeitet ihr? Raus mit der Sprache!«

»Wie oft denn noch!«, sagte Korbinian. »Wir haben nichts mit dem Mord zu tun.«

»Falsche Antwort«, sagte Hofmann junior und schlug Korbinian mit dem Handrücken ins Gesicht. »Also, noch mal von vorn, wer hat den Mord an meinem Vater befohlen?«

Korbinians rechtes Auge war zugeschwollen, mit dem anderen sah er hinüber zu Yuki. Die war genau wie er an einen alten Bürostuhl gefesselt. Einer der Gorillas stand grinsend neben ihr und linste ihr unverhohlen in den Ausschnitt.

Hofmann holte erneut aus. Da klingelte das Handy des anderen. Er blickte aufs Display.

»Äh, Chef.« Er hielt Hofmann das Telefon hin. Der nahm es und verschwand damit nach draußen. Die beiden Gorillas blieben da. Der eine schaute weiterhin in Yukis Ausschnitt, während der andere einen kräftigen Zug aus seiner Wasserflasche nahm. Korbinian hätte auch gerne etwas getrunken, hier in der alten Lagerhalle brannte die Sonne gnadenlos durch die Oberlichter und verwandelte das Innere in eine Sauna. Aber zumindest achtete gerade keiner auf ihn. Er prüfte vorsichtig seine Fesseln. Dank Yukis Spielchen hatte er damit ein bisschen Erfahrung, und allzu fest hatten die Typen das Seil nicht gebunden.

Hofmann kam nach kurzer Zeit zurück, gab seinen beiden Gorillas leise Anweisungen. Sie verschwanden durch eine Hintertür.

»Idiot!«

Nusch trat voll in die Bremse. Der schwarze Kombi hatte ihm die Vorfahrt genommen und raste mit deutlich überhöhter Geschwindigkeit davon.

»Passn S' halt a weng auf, Herr Kommissar.«

Die Gruber! Nusch seufzte. Warum hatte er sich nur überreden lassen, sie mitzunehmen? Aber da vorne war schon das Baustofflager. Das Tor des Geländes stand offen. Nusch zögerte, dann fuhr er hinein. Er glaubte nicht wirklich, dass sie hier etwas finden würden, aber nachsehen konnte er ja mal.

»Schaun S', Herr Kommissar!« Die Gruber deutete nach vorne. »Das is er. Das is der Wagn, mit dem s' den Herrn Schönfeld entführt haben!«

*

»Keine Sorge, meine Mitarbeiter sind gleich wieder da«, wandte sich Hofmann an Korbinian und nahm die Pistole, die er auf der Werkbank abgelegt hatte. »Vielleicht sollte ich mich inzwischen der Kleinen widmen. Die ist sicher gesprächiger als du.«

»Lassen Sie Yuki in Ruhe!« Korbinian zerrte an seinen Fesseln. Er spürte, wie diese nachgaben.

»Bitte nicht!«, jammerte Yuki. »Ich bin nur ein armes Mädchen aus einem fremden Land, und ich weiß wirklich von nichts.«

Korbinian und Yuki sahen sich kurz in die Augen. Korbinian verstand. Sie hatte ihr Spiel begonnen. Yuki schob ihre Brüste nach vorne, so gut es eben ging, gefesselt, wie sie war. Sie öffnete ihren Mund ein kleines Stück und leckte sich langsam die Lippen. »Bitte nicht!«, flehte sie leise.

Yukis kleine Vorstellung blieb nicht ohne Wirkung. Hofmann ließ die Augen nicht mehr von ihr, und Korbinian konnte die Fesseln weiter lockern. Er schätzte die Entfernung ab. Er konnte Hofmann mit einem Sprung erreichen, selbst mit gefesselten Beinen.

*

»Nein, Frau Gruber, wir bleiben hier und warten, bis die Kollegen eintreffen. Sie haben ja beobachtet, dass die zu dritt gewesen sind. Da kann ich alleine nichts ausrichten.«

»Aber Herr Kommissar, vielleicht tun die Verbrecher den beidn grad was an. Außerdem sind Sie ned allein. Ich bin ja auch noch da.«

»Frau Gruber, Sie ...« Aus der Lagerhalle kam ein gellender Schrei. »Sie bleiben hier im Wagen, egal, was passiert!« Nusch stieg aus, zog seine Waffe und atmete einmal tief durch. Er wünschte, sein letztes Schießtraining wäre nicht so lange her gewesen.

*

Korbinian tanzten Sterne vor den Augen. Hofmann hatte ihn mit einem Tritt in den Unterleib erwischt. Trotzdem war es ihm gelungen, den Bauunternehmer auf den Boden zu werfen und festzuhalten. Glücklicherweise hatte der bei Korbinians Angriff die Pistole fallen lassen, und Yuki hatte sie geistesgegenwärtig mit ihrem Fuß nach hinten zwischen die Regale gekickt. Doch Korbinian spürte, wie seine Kräfte nachließen. Da riss Hofmann mit einem Ruck seinen Arm aus Korbinians

Griff und schlug ihm mit voller Wucht mitten ins Gesicht. Korbinian fiel auf den Rücken. Hofmann sprang auf.

*

»Halt, stehen bleiben, Polizei!«

Nusch hielt die Waffe im Anschlag. Zum Glück schien Hofmann alleine zu sein. »Alles in Ordnung, Herr Schönfeld?«, fragte er den jungen Mann, der versuchte, sich vom Boden aufzurappeln.

Hofmann nutzte den Augenblick, ergriff blitzschnell einen Gegenstand von dem Tisch hinter sich und hielt ihn Yuki an den Hals.

»Waffe weg, Bulle, oder ich schneide der Kleinen die Kehle durch.«

Der Kommissar schluckte. Das alte Teppichmesser war zwar schon ziemlich verrostet, würde aber sicher trotzdem seinen Zweck erfüllen. »Bleiben Sie ruhig, Herr Hofmann«, sagte Nusch und ließ seine Waffe sinken. »Sie haben keine Chance. Die Kollegen sind gleich hier. Geben Sie auf!«

Hofmann grinste. »Das werden wir ja sehen. Jetzt legst du erst mal deine Waffe auf den Boden und schiebst sie zu mir rüber.«

Nusch bückte sich, aber statt hinüber zu Hofmann, schob er sie weit hinter sich.

Hofmann fluchte. »Scheißbulle! Das wird die Kleine büßen!«

»Das glaube ich nicht!«, kam eine weibliche Stimme von hinten.

Nusch traute seinen Augen nicht. Neben dem Regal mit den Drahtspulen stand die Gruber. Wo hatte die denn den Revolver her?

Hofmann drehte sich um, dann lachte er. »Müssen die Bullen jetzt schon Hilfskräfte im Altenheim rekrutieren? Komm, Oma, gib mir die Waffe, sonst tust du dir noch selbst damit weh.«

»Die Waffe?« Die Gruber hielt Blick und Revolver fest auf Hofmann gerichtet. »Sie meinen diesen schlecht gepflegten Revolver Smith & Wessen 36 mit 2 Zoll Lauf, Kaliber 38, fünf Schuss in der Trommel, einer im Lauf.«

Hofmann und Nusch machten große Augen.

»Ich würde allerdings den 3 Zoll Lauf bevorzugen, wegen der höheren Treffsicherheit. Mal sehen ...« Die alte Frau hob die Waffe und zielte auf ein kleines Oberlicht kurz vor dem Hallendach. Der Schuss peitschte durch den Raum, gefolgt von einem Klirren.

Hofmann starrte die Alte an.

»Dacht ich mir schon«, sagte die Gruber. »Sie sollten besser auf Ihre Waffe achtgeben. Die zieht ein ordentliches Stück nach links.« Sie richtete den Revolver wieder auf Hofmann. »Aber auf diese Entfernung treffe ich auch so. Sie lassen jetzt das Messer fallen und gehen drei Schritte von Fräulein Yuki weg.«

*

Blaulichter zuckten über den Hof. In einem Krankenwagen versorgten Sanitäter Korbinians Platzwunde. Überall wimmelte es von Polizisten. Sie hoben Gegenstände vom Boden auf, stellten Schilder mit gelben Nummern auf und fotografierten, was das Zeug hielt.

Am Rand des Getümmels stand Kommissar Nusch und rauchte eine Zigarette. Eigentlich hatte er vor einem halben Jahr aufgehört, aber nach dem heutigen Tag ...

»Na, Herr Kommissar, haben S' für mich auch eine?«

Wortlos zog er die Packung aus der Tasche und streckte sie der Gruber hin.

»Wo ...«, begann er, wurde aber sofort unterbrochen.

»Wo ich das Schießn glernt hab? Mein Mann, der hat mich immer mit in den Schützenverein gschleppt. Ich hab nie gwusst, wofür des gut sein soll. Bis heut.« Sie nahm einen tiefen Zug, warf dann die Zigarette auf den Boden. »Also, Herr Kommissar, wenn S' Hilfe brauchn, Sie wissen ja, wo ich wohn. Schließlich müssn wir den Mörder von dem altn Hofmann noch fassn. Auch wenn der's bestimmt verdient hat. Job ist Job, oder?«

Nusch konnte nichts erwidern, denn er bekam einen Hustenanfall, der erst endete, als ein Kollege die alte Frau holte, um sie nach Hause zu fahren.

Elmar Tannert

Grenzfall

Mit den Polizisten ist es bei uns heute genauso wie mit den Ärzten. Wenn man sie ruft, kommen sie aus der Stadt hierher, kennen niemanden und müssen alles erfragen, was die Landpolizisten früher gewusst haben. Zu jung sind sie auch. Oder liegt das an der Perspektive? Wenn die Polizisten anfangen, jung auszusehen, weiß man, dass man alt wird, hat mal ein Gast zu mir gesagt. Aber dreiundfünfzig ist kein Alter, finde ich. Nicht, wenn es das eigene ist. Und der Altersmaßstab für die Polizisten hier und heute ist die Grenze. Als sie fiel, haben die meisten von denen noch Windeln angehabt. Oder waren vielleicht gerade mal in der ersten Klasse Grundschule. Für die hat es die Grenze mitsamt den beiden Deutschlands niemals gegeben. Die Grenze, an der ich aufgewachsen bin und neben der wir gelebt haben wie im Bann eines bösen Fabeltiers, einer gigantischen Schlange quer durchs Land, die uns in manchen Nächten nicht schlafen ließ, wenn aus ihrem Leib Schüsse, Detonationen und Hundegebell drangen und unsere Träume in Albträume verwandelten. Die Grenze, die sich heute keiner mehr vorstellen kann.

Als es sie noch gab, war es umgekehrt: Da konnte sich keiner vorstellen, dass sie irgendwann einmal weg sein könnte. Und ich konnte mir nicht vorstellen, dass ich mein Leben lang nie von der Grenze wegkommen würde. Erst recht nicht, als es sie nicht mehr gab. Aber inzwischen weiß ich, dass es sie noch geben wird, solange auch nur ein Mensch lebt, in dessen Leben sie eine unauslöschliche Spur hinterlassen hat.

Wie sie jetzt alle vorm Haus auf den Bierbänken sitzen in ihrer bunten Funktionskleidung, die einen Menschen so einzigartig fehl am Platz aussehen lässt. Egal, wo er sich befindet. Aber hier besonders. Noch vor zwanzig, dreißig Jahren waren sie in ihren karierten Hemden wenigstens passend zu den Tischdecken gekleidet. Heute will man nicht darüber nachdenken, wie man ein Lokal einrichten müsste, damit es zu den Gästen passt, die aussehen, als müssten sie eine Woche in einem subtropischen Dschungel zubringen, in dem auch mit Schneestürmen zu rechnen ist; und dabei haben sie nur einen Urlaubstag auf gut markierten Wanderwegen vor sich. So hatten sie sich das beim Frühstück zumindest vorgestellt. Aber jetzt sind sie wieder da, lassen sich von mir mit Bier und Schnäpsen versorgen und haben nur ein Thema: den Toten, den zwei von ihnen, das Rentnerpaar Staudt aus Neuwied am Rhein, im Krötensee-Wald aufgefunden haben, ein Stück abseits der Völkel-Brücke.

Und ich sag noch zu meinem Mann, Horst, sag ich, guck mal, da liegt doch einer, dem wird doch nichts zugestoßen sein, und wie wir näher hingehen, da sehen wir, dass …

Menschen, die etwas Schlimmes erlebt oder gesehen haben, geraten in eine Endlosschleife. Wieder und wieder ragen diese Worte aus dem Stimmengewirr heraus, in dem es darum geht, wer um alles in der Welt so etwas macht und warum, und *so etwas* heißt heute Vormittag: einem Menschen nachts im Wald mit einer Axt beide Füße abhacken. Nicht irgendeinem Menschen. Einem unserer Pensionsgäste, der gestern Abend noch hier gesessen ist.

… und dann sag ich zum Horst, den kennen wir doch, sag ich, das ist doch der Herr aus Berlin, der immer so ein bisschen eigen ist, immer für sich, der Herr, Herr … da hab ich gemerkt, dass ich gar nicht weiß, wie er heißt, Sie ha-

ben ihn doch auch jeden Tag gesehen, der alte Herr, der jeden Morgen gleich da drüben, da, an dem kleinen Tisch neben der Tür ...

Strehlow heißt er. Oder hieß er. Karl Strehlow. Achtundsiebzig Jahre alt. Er kam seit ein paar Jahren immer für eine Woche im Juni. Immer in der Woche, in die der Sechsundzwanzigste fiel. Und immer allein. Verwitwet. Seit fünf Jahren kam er hierher. Seit dem Jahr, in dem seine Frau verstorben war. Aber wenn die Polizisten hier auftauchen, die von nichts eine Ahnung haben, und mir Fragen stellen werden, die unsere Landpolizisten von früher, der Sperling und der Oelschlegel, gar nicht hätten stellen müssen, werde ich ihnen nichts davon sagen. Kein Wort darüber, dass ich bald geahnt habe, was es mit dem Strehlow auf sich hat. Nicht nur deswegen, weil er gewirkt hat wie einer, der zu Hause Zuckerportionspäckchen aus der Gastronomie hortet, fein säuberlich sortiert. Und auch nicht nur deswegen, weil er preußisch exakt seine Runden längs der ehemaligen Grenze gedreht hat, wie wenn er auf Patrouille wäre. Für seinen Weg von Carlsgrün über Schlegel nach Blankenstein, wo er zu Mittag gegessen hat, und wieder zurück über Lichtenberg nach Carlsgrün hat er immer die gleiche Zeit gebraucht. Aber wie gesagt, das war es nicht. Sondern dass er in der Nacht vom 26. auf den 27. Juni immer draußen gewesen ist. An der Stelle bei der Völkel-Brücke, die über die Muschwitz zum alten Patrouillenweg hinüberführt.

Das Frühstücksbüffet ist noch nicht abgeräumt, und ich trage Tablett um Tablett mit Biergläsern hinaus zu den Gästen, die sich mittlerweile ausmalen, wie furchtbar das sein muss. Wenn du nicht mehr um Hilfe laufen, sondern nur noch kriechen kannst, weil dir die Füße fehlen, und du dabei schlichtweg verendest. Weil zu viel Blut aus deinem Körper fließt. Weil der Schock dein Herz so sehr angreift, dass es nicht mehr schlagen will. Aber zu jedem Schicksal gibt es ein noch schlimmeres. In diesem Fall das von Uwe Voigt.

Es war absehbar, dass der Strehlow irgendwann auf ihn treffen würde. Oder der Voigt auf den Strehlow, wie auch immer. Man trifft sich immer zweimal im Leben, das ist wahr. Und nicht zu vergessen: die Grenze. Sie ist wie ein Magnet. Oder vielmehr: Manche sind an ihr wie mit einem Gummiband befestigt. Werden angezogen, versuchen wegzukommen, werden wieder zurückgeholt.

Uwe ist immer hierher zurückgekommen, wenn ihm draußen in der Welt etwas schiefgegangen ist. Eine Ausbildung nach der anderen hingeschmissen. Später einen Job nach dem anderen. Wegen Nichtigkeiten. Ist in der Arbeit mit einem Kollegen in Streit geraten und am nächsten Tag einfach nicht mehr hingegangen. Seine Eskapaden. Kredit aufgenommen, gebrauchten Porsche gekauft, ihn nach ein paar Kilometern Spritztour besoffen in den Straßengraben gesetzt und nackt durch die Gegend gelaufen. Solche Dinge. Und danach die Anrufe. *Du musst mich abholen. Wenn dir noch etwas an mir liegt, dann hol mich da raus. Jetzt.*

Verminderte Schuldfähigkeit hat man ihm einige Male attestiert. Borderlinesyndrom hieß das bei den Ärzten. Ob ihm das auch diesmal etwas nutzen wird?

Ja, und natürlich: Beziehungen, die in die Brüche gingen. Davon könnte ich eine Menge erzählen. Uwes erste Beziehung war ich. Danach gab es noch Dutzende. Maximale Haltbarkeit: zwei Wochen. Ich weiß es. Ich habe es öfter mit ihm probiert und bin immer wieder an ihm gescheitert. An seiner Eifersucht, seinem Jähzorn, seinen lethargischen Phasen. An seinem bedingungslosen Geliebtwerdenwollen.

An seinem bedingungslosen Verstandenwerdenwollen, ohne dass er einen anderen Menschen außer sich selbst verstehen wollte. Ohne dass er einem die Chance gab, ihn zu verstehen. *Du bist ja aus dem Westen, du hast ja sowieso keine Ahnung.* Oder: *Du hast doch niemals so etwas erlebt, du kannst mich gar nicht verstehen.* Als ob ich die Grenze nicht genauso gut gekannt hätte. Nur eben von der anderen Seite. Von der besseren Seite, wie Uwe immer sagte. Dabei lag hinter der Grenze seine Kindheit in Adorf im Vogtland. Er hätte damals gar nicht weggewollt aus seiner übersichtlichen Welt. Sein Vater wollte in den Westen. Er nicht. Seither verlief die Zonengrenze mitten durch ihn selbst, teilte sein Leben in ein Davor und Danach und kapselte ein unerreichbares Kind in ihn ein, von dem er sich immer weiter entfernte, indem er durch Abbrüche und Neuanfänge immer neue Schnitte in sein Leben setzte. Lebenszonengrenzen.

Gestern hat er mich noch angerufen. Ob wir uns treffen könnten. Auf einen Abendspaziergang. Hätte ich Ja sagen sollen? Ich bin oft genug mit ihm dort draußen gewesen bei den Birken an der Völkel-Brücke. Oder hätte ich zumindest zum Strehlow sagen sollen, dass er am Abend besser nicht mehr hinausgeht zum Krötensee-Wald?

Zum ersten Mal bin ich mit Uwe dort gewesen, als er sechzehn war. Im Herbst 1981. Er wollte unbedingt *diese Stelle* an der Grenze sehen. Er war damals aus dem Heim für schwer erziehbare Jugendliche in Rummelsberg ausgerissen und hierhergekommen, nur um sich *diese Stelle* anzugucken. Dann wollte er sich bei uns in der Pension einquartieren und als Küchenhilfe jobben. Ging natürlich nicht. Er wurde ja polizeilich gesucht. Auch wenn wir ihm gern geholfen hätten. Seine Geschichte ging uns nah. Mit sechs Jahren die Mutter verloren, als Halbwaise beim Vater aufgewachsen, fünf Jahre später der Vater bei der Flucht in den Westen umgekommen. Meine Eltern hatten sich sogar in Rummelsberg erkundigt, ob man etwas für ihn tun könne, ihm ein Zuhause geben, ihm bei der Suche nach einem Ausbildungsplatz behilflich sein. Der amtliche Vormund hatte dringend abgeraten. *Sie wissen nicht, worauf Sie sich da einlassen. Sie wären nicht die Ersten, die an ihm scheitern.* Uwe konnte so hilflos und verloren wirken wie ein zu früh aus dem Nest gefallener Vogel, aber er war allzu oft nur allzu bereit, sein zartes Leben mit Gewalt zu verteidigen. Gegen Angriffe, die gar keine waren. Sein Onkel und seine Tante in Nürnberg, die ihn im Sommer '76 nach der Flucht in den Westen aufgenommen hatten, waren ziemlich schnell an ihm verzweifelt. Hatten wohl auch zu naiv geglaubt, dass der Westen die Heilung für alles sei. Aber der Westen war nach der heilen kleinstädtischen Jugendpionierwelt die unheile Welt, die ihn als Fremdkörper wahrnahm und wieder ausstoßen wollte. In seiner Sucht nach Anerkennung hat er sich zu immer wüsteren Streichen hinreißen lassen. Mopeds klauen und sie nach den Spritztouren im Rhein-Main-Donau-Kanal versenken. In Kioske und Gaststätten einsteigen, Schnaps und Zigaretten plündern. Als er mit Kumpels im Vollrausch ein Auto geklaut hatte und ins Schaufenster einer Apotheke gebrettert war, kam er ins geschlossene Heim nach Rummelsberg. Da war er gerade mal vierzehn.

Sobald er volljährig war, ist er wieder hier aufgetaucht. Wegen uns und wegen der Grenze, andere Bezugspunkte hatte er nicht. Wir haben es dann mehrmals mit ihm versucht bei uns in der Pension. Dazwischen hat er zweimal eine Ausbildung zum Kfz-Mechaniker in Bad Steben begonnen, zweimal wieder hingeworfen. In manchen Sommern hat er dem Strobel beim Holzmachen geholfen. Genau dort, bei der Scheune an der Völkel-Brücke. Oder meine Eltern haben ihn als Aushilfe beschäftigt. Küchenhilfe, kellnern in unserem kleinen Biergarten. Er hat ja sonst niemanden, haben sie sich, haben wir uns immer wieder gesagt, niemanden, der ihm Halt gibt. Irgendwann funktioniert es vielleicht. Irgendwann ist er vielleicht nicht mehr von einem Tag auf den anderen plötzlich wieder weg, irgendwann findet er vielleicht in ein geordnetes Leben hinein. Er wird ja älter. Reifer.

Aber sein Leben blieb im Bann des Sommers 1976, der als Jahrhundertsommer mit wochenlanger Hitze und Dürre in die Geschichte einging. Der Sommer, in dem in Naila und Umgebung die Trinkwasserversorgung zusammenbrach und Tankwagen über Land fuhren. Der Sommer, in dem Gleise und Asphalt weich wurden. Der Sommer, in dem uns die Schlange nachts in Ruhe ließ, weil alle für alles zu träge waren. Bis auf die eine Nacht vom 26. auf den 27. Juni. Eine Detonation. Ein Schrei. Dann wieder Stille. Später Motorengeräusche, Schüsse, Stimmen. Wer aus dem Fenster gesehen hatte, erzählte am nächsten Tag von Suchscheinwerfern in der dunklen Neumondnacht. Gerüchte von einem tödlichen Grenzzwischenfall machten die Runde in jenem Sommer, in dem Uwe so elend versagt hat. So hieß das bei ihm. *Ich habe versagt, ich bin schuld, dass mein Vater nicht überlebt hat.* Im nächsten Moment waren es dann schon wieder die anderen. Der Vater, der in den Westen wollte, dabei hätten sie es doch gut gehabt. Der Grenzsoldat, der unerbittlich den Schießbefehl ausführte. Aber schuld musste immer jemand sein, am besten alle zugleich, er selbst inklusive, damit er sich mit Rachedurst und Selbstzerfleischung quälen konnte.

Unsere Landpolizisten von damals, der Sperling und der Oelschlegel, leben nicht mehr. Aber irgendwann, da war er schon pensioniert, hat mir der Oelschlegel erzählt, was Uwe selbst keinem Menschen erzählen wollte oder konnte, und wenn er es jetzt, hier in unserer Gaststube, noch einmal erzählen würde, gäbe es kein Rätselraten mehr um das *Warum* und *Wieso* und *Wer macht so etwas,* und niemand würde sich in Phantasien von einem geisteskranken Horrormörder hineinsteigern, der friedliche Wanderer niedermetzelt. *Ausgerechnet diesen harmlosen alten Herrn!*

Uwe hat den Strehlow an genau der Stelle im Krötensee-Wald getroffen, wo die Birken den Weg zur Brücke säumen. Einmal haben wir uns dort geliebt, hinter der Scheune. Er wollte es unbedingt. Erst lang danach habe ich kapiert, dass es ihm weniger um die Liebe ging und um mich als darum, den Ort mit anderen Bildern aufzuladen, anderen Erinnerungen. Soll ich es Berechnung nennen? Oder doch Verzweiflung? Beides?

Die älteren Bilder sind die stärkeren geblieben. Uwe hat ihn wiedererkannt. Zumindest geglaubt, ihn wiederzuerkennen. Vielleicht war es ihm eindeutig genug, dass der Strehlow sich an genau diesem Tag und zu dieser Stunde dort herumgetrieben hat. Bestimmt hat er ihn angesprochen. Angesprochen? Wie ich Uwe kenne, hat er ihn zur Rede gestellt wie ein Hausherr einen Eindringling auf seinem Grund und Boden. Und der Strehlow? Ich frage mich, ob er eine Möglichkeit gehabt hätte, diesem Augenblick zu entrinnen, aus dem kein Notausgangsschild den Weg weist, und finde keine Antwort. Ich glaube, er wäre nicht einmal davongekommen, wenn der Strobel nach dem Holzmachen sein Werkzeug mit nach Hause genommen hätte, anstatt es hinter dem Stapel liegen zu lassen, in die Arbeitsjacke eingewickelt. Uwe hätte dem Strehlow in dem Fall die Füße mit dem Taschenmesser abgesäbelt, sie ihm notfalls in rasender Wut abgebissen.

Aber zurück zum Oelschlegel. Ich wusste, dass Uwe auf der Flucht seinen Vater verloren hatte. Ich wusste nur nicht, wie. Weil es seiner Ansicht nach die Geschichte seines größten, seines elementaren Versagens war, und jemand wie er, der sein Leben lang gern ein Held gewesen wäre, bringt eine solche Geschichte nicht über die Lippen. Aber wer hätte an Uwes Stelle nicht versagt? Verstört und orientierungslos durch eine stockfinstere Neumondnacht stolpernd? So wurde er damals vom Oelschlegel und vom Sperling kurz vor Mitternacht an der Straße von Langenbach nach Heinersberg aufgegriffen. Sein Vater brauche dringend Hilfe, er liege schwer verletzt an der Grenze, im Minengürtel. Natürlich konnte er ihnen nicht sagen, wo genau. Uwe hatte in seiner Verstörung und nach seinem Irrlauf durch die Finsternis nicht die mindeste Vorstellung davon, wo sie über die Grenze gekommen waren. Einen ausgetrockneten Bachlauf glaubte er durchquert zu haben, aber das konnte die fränkische wie die thüringische Muschwitz gewesen sein, ebenso gut auch einer von den vielen Zulaufbächen. Klar war nur: Ohne Arzt brauchten sie sich erst gar nicht auf die Suche zu machen. Der Oelschlegel gab also Meldung nach Bad Steben und bestellte den Landarzt Dr. Mergner zu einem Treffpunkt an der Landstraße, dorthin, wo der Forstweg zum Schwarzen Teich abzweigt. Bis zu seiner Ankunft versuchten Sperling und er, Uwe nach Anhaltspunkten auszuquetschen, aus ihm herauszukriegen, was herauszukriegen war.

Über eine Anhöhe sei er gekommen – das konnte bedeuten, dass sie entlang des Laufs der thüringischen Muschwitz suchen mussten, aber nur dann, wenn der Bub seinen Weg zur Landstraße in halbwegs gerader Linie zurückgelegt hatte, doch dafür gab es keine Garantie. Bei all dem drängte natürlich die Zeit. Eine Minendetonation alarmierte ja die DDR-Grenzsoldaten, die mutmaßlich schon längst dabei waren, das Gelände zu sondieren, um den Grenzverletzer aufzuspüren und in Gewahrsam zu nehmen, wobei ungewiss blieb, ob sie es für der Mühe wert halten würden, ärztliche Hilfe für jemanden zu holen, der ihrem Staat den Rücken kehren wollte.

In Filmen ist die Zeit stets genau bemessen. Eine Stunde hat der Held, um ein Opfer aus den Fängen eines psychopathischen Serienkillers zu retten. Vierundzwanzig Stunden, um die Welt vor dem Untergang zu retten. Hier wusste keiner der Helden, wie viel Zeit ihnen noch gegeben war. Uwes Vater konnte schon längst seinen Verletzungen erlegen, konnte von Grenztruppen aufgespürt und festgenommen worden sein. Er konnte aber auch unter Aufbietung seiner letzten Kräfte bayerischen Boden erreicht haben. Verletzte unter Schock sind zu Dingen fähig, die sie unverletzt niemals zuwege brächten.

Eigentlich hatten Oelschlegel und Sperling nur einen Abschnitt von etwa sieben Kilometern Länge abzusuchen. In gewissem Sinn keine allzu lange Strecke, doch an jenem Abend schier unendlich lang, zumal der befahrbare Forstweg nicht durchweg so nah an der Grenze verlief, dass man die Suche komplett vom Auto aus hätte erledigen können. Das bedeutete: an jeder Stelle, wo Uwe glaubte, aus dem Gehölz auf den Weg gestoßen zu sein, anhalten und die Lage peilen, ohne dass man wissen konnte, ob der Grenzzwischenfall nicht schon seitens der DDR-Grenzer behoben worden war, ob sie nicht den Verletzten oder Toten bereits abtransportiert hatten.

Plötzlich irrende Lichter in der Nacht, jenseits des ausgetrockneten Laufs der Muschwitz, die allmählich an einer Stelle zur Ruhe kommen. Oelschlegel, Sperling, Mergner und Uwe eilen dorthin. Aber um die entscheidenden Minuten zu spät. Oder soll man zu Uwes Rettung sagen, sein Vater hat die entscheidenden Meter nicht mehr geschafft? Möglich auch, dass er sich zu früh in Sicherheit glaubte, nachdem er den letzten Zaun überwunden hatte und noch ein Stück weitergekrochen war, ehe er entkräftet zusammenbrach.

Vergangene Nacht ist dieses Bild wiederauferstanden. Das Bild vom reglos daliegenden Voigt mit den Beinstümpfen, notdürftig mit Hemd und Gürtel abgebunden, beide Füße von einer Mine abgerissen. Vom Polizisten Sperling, der sich anschickt, über die Grenzlinie zu robben, um den Verletzten auf bayerisches Gebiet herüberzuziehen. Von den DDR-Grenzern, die, noch hinter dem Zaun, mit ihren Kalaschnikows in die Luft schießen und ihn auffordern, das Hoheitsgebiet der DDR zu respektieren und den Grenzverletzer liegen zu lassen. Sperling zögert kurz, robbt dann weiter auf Voigt zu, von dem ihn nur noch ein paar Meter trennen. Hinter dem Grenzzaun zielt einer auf den Bewusstlosen – oder doch schon Toten? –, schießt. Keiner von uns, hat mir der Oelschlegel gesagt, hat den Jungen damals rechtzeitig weggeschickt. Wohin denn auch? Das heißt, Uwe hat alles gesehen. Den Schützen. Den Schuss. Damals in Scheinwerferlicht.

Gestern dann in Vollmondlicht. Mit Strehlow in der Rolle des fußlos um sein Leben robbenden Vaters. Ohne dass es einen Schützen gab, der seiner Marter ein Ende bereitet hätte.

Die Autorinnen und Autoren

Helwig Arenz studierte Schauspiel an der Anton-Bruckner-Universität in Linz. Seit 2013 arbeitet er als freier Autor und Schauspieler in Nürnberg. 2014 erschien sein erster Roman *Der böse Nik* im ars vivendi verlag, mit dem er für den Debütpreis des Buddenbrookhauses nominiert wurde. 2016 folgte der Roman *Nachts die Schatten.* 2018 wurde er für sein Stück *Caligula und das Mädchen auf der Treppe* mit dem deutsch-niederländischen Kinder- und Jugenddramatikerpreis Kaas und Kappes ausgezeichnet.

Roland Ballwieser und **Petra Rinkes** leben und arbeiten als Lehrer in Nürnberg. Nach drei sehr erfolgreichen Frankenkrimis für Erwachsene (*Kunigundentod, Goldschlägernacht* und *SchneeWehen*) legten sie 2017 ihren ersten Kinderkrimi mit Schauplatz Nürnberg-Gostenhof bei ars vivendi vor: *Der vergiftete Fufu. Das GoHo-Team ermittelt.*
www.ballwieser-rinkes.de

Theobald Fuchs studierte Germanistik, Mathematik und Physik und promovierte 1998 in Erlangen. Seit 1997 schreibt Fuchs Glossen für die Satirezeitschrift *Salbader.* Später begann er, im Magazin *Titanic* lustige Miniaturen zu veröffentlichen und Beiträge für die Kolumne *Fürther Freiheit* in den *Fürther Nachrichten* zu erdichten. 2014 gewann er den Jurypreis des Fränkischen Krimipreises. 2016 erschien sein erster Kriminalroman *Niemand ruht ewig* bei ars vivendi, 2017 folgte *Altstädter Friedhof in Erlangen, 14. Mai, 10 Uhr 30, meine 35. Beerdigung, die zahlreichen Nachkommen streiten sich am Grab um den Fernsehsessel des 73-Jährigen.*

Tommie Goerz (Dr. Marius Kliesch) hat Soziologie, Philosophie und Politische Wissenschaften studiert, wohnt in Erlangen, ist verheiratet und hat zwei erwachsene Kinder. Nach einem Forschungsprojekt und 20 Jahren bei einem der größten Agenturnetzwerke der Welt war er Dozent für Text und Konzeption an der Georg-Simon-Ohm-Hochschule Nürnberg und der Faber-Castell-Akademie in Stein, danach unterstützte er die hl-studios Tennenlohe. Heute ist er Privatier. Er gewann u. a. den Bronzenen Löwen in Cannes (2007). Bei ars vivendi erschienen seine Kriminalromane *Schafkopf* (2010), *Dunkles* und *Leergut* (beide 2011) sowie *Auszeit* (2012), *Einkehr* (2014), *Schlachttag* (2016) und *Nachtfahrt* (2018) um den Nürnberger Kommissar Friedo Behütuns, 2017 die Biergeschichtensammlung *Auf dem Keller*. www.tommie-goerz.de

Tessa Korber studierte Literatur und Geschichte, ist freie Autorin und wurde mit ihren historischen Romanen bekannt. Bei ars vivendi erschienen bisher ihr Band *Das Leben ist mörderisch* mit Kurzkrimis (2010), ihr historischer Kriminalroman *Todesfalter* um Maria Sibylla Merian (2011) sowie der schwarzhumorige Krimi *Die Saubermänner* (2013). Zudem gab sie die Krimianthologien *Fiese Morde in der Provinz* (2011) und *Auf leisen Pfoten kommt der Tod* (2013) heraus. Tessa Korber ist Trägerin des Forchheimer Kulturpreises 2010 und lebt in Nürnberg. 2017 erschien ihre Lyrik-Anthologie *Katzen*. www.tessa-korber.de

Killen McNeill stammt aus Nordirland und wurde 1953 in Kilrea geboren. Er studierte Germanistik, war in den Jahren 1973/74 Austauschstudent in Erlangen und zog 1975 nach Franken. Seit 1976 arbeitet er als Fachlehrer für Englisch an der Haupt- bzw. Mittelschule Scheinfeld. Er ist verheiratet und lebt in Unterlaimbach. Killen McNeill schreibt Romane und tritt im fränkischen Kabaretttrio *McNeills & Winkler* sowie in der fränkischen Band *Nauswärts* auf. Sein Kurzkrimi »Pfarrers Kinder, Müllers Vieh« wurde 2012 als Siegergeschichte der Jury im Wettbewerb um den 1. Fränkischen Krimipreis ausgezeichnet. 2013 erschien bei ars vivendi sein Roman *Am Schattenufer*, 2015 folgte *Am Strom*.

Horst Prosch, 1964 in Neuendettelsau im Landkreis Ansbach geboren, lebt mit seiner Familie in Wolframs-Eschenbach. Er arbeitet als Bilanzbuchhalter, ist Mitglied im Kulturverein Speckdrumm e. V. und im Syndikat und Initiator und Leiter der Reihen »Erlesene Genüsse« im Kunsthaus Reitbahn 3, Ansbach, sowie »Literatur in alten Mauern« in Wolframs-Eschenbach. Auch für Lesungen ist er bekannt, etwa für Themenlesungen wie »Literatur und Schokolade«. Bei ars vivendi erschien 2008 eine Erzählung von ihm in *Smoke – Geschichten vom blauen Dunst*. 2014 folgte sein Kriminalroman *Blaue Bäume*. Für »Süß klangen die Glocken nie« aus der Anthologie *RauschGiftEngel* wurde er für den Friedrich-Glauser-Preis 2015 in der Sparte »Bester Kurzkrimi« nominiert. 2015 erschien sein Kriminalroman *Frankenruh*. www.horst-prosch.de

Susanne Reiche hat eine erwachsene Tochter und wohnt mit ihrem Lebensgefährten, Hund Jasper und drei Katzen im Nürnberger Stadtteil Wetzendorf. Nach Abitur und Gärtnerlehre studierte sie in Erlangen Biologie und war vierzehn Jahre lang beim Nürnberger Umweltamt im Bereich Umweltplanung tätig. 2014 gewann sie mit ihrer Geschichte *Der Tod des Baulöwen* den Publikumspreis des Fränkischen Krimipreises, 2016 erschien ihr erster Frankenkrimi *Fränkisches Chili*, 2017 folgte *Fränkisches Sushi*. www.susanne-reiche.de

Elmar Tannert, 1964 in München geboren, absolvierte ein Studium der Musikwissenschaft und Romanistik. Seit 2003 arbeitet er als freier Schriftsteller und schreibt u. a. für den Bayerischen Rundfunk. Bei ars vivendi erschienen u. a. die gemeinsam mit Petra Nacke verfassten Kriminalromane *Rache, Engel!* (2008), *Blaulicht* (2010) und *Der Mittagsmörder* (2010). Tannert erhielt den Literaturförderpreis des Freistaats Bayern, den Kulturförderpreis der Stadt Nürnberg und den Kulturförderpreis des Bezirks Mittelfranken. 2017 erschien sein Roman *Ein Satz an Herrn Müller*. www.elmar-tannert.de

Johannes Wilkes, Jahrgang 1961, wurde in Dortmund geboren und absolvierte ein Studium der Medizin in München. Seit mehr als fünfundzwanzig Jahren lebt er in Franken und führt in Erlangen eine sozialpsychiatrische Praxis. Neben populären Sachbüchern schrieb er auch belletristische Werke. So ermittelte Kommissar Mütze u. a. bereits in dem Spiekeroog-Krimi *Muschelkäfer morden nicht* (2017) sowie in den Frankenkrimis *Der Fall Rückert* (2016) und *Mord am Walberla* (2018). Im ars vivendi verlag erschienen zuletzt außerdem *Das kleine Franken-Buch* (2014), *Das kleine Westfalen-Buch* und *Das kleine Nürnberg-Buch* (2016), *Das kleine Baden-Buch* (2017) sowie *Das kleine Schwaben-Buch* (2018).